AF293561

Die Untaten [...] waren so ausgeklügelt, so böse und von
so verwüstender Wirkung, daß die menschliche Zivilisation
es nicht dulden kann, sie unbeachtet zu lassen,
sie würde sonst eine Wiederholung
solchen Unheils nicht überleben.

Robert H. Jackson
Hauptanklagevertreter bei den Nürnberger Prozessen
Eröffnungsrede

Daniela Kickl

Lieber Cousin

Herbert ...

Dokumentation eines humorvollen
Widerstandes

Mit Illustrationen von Michael Dufek

Bibliografische Information der Deutschen Nationalbibliothek
Die Deutsche Nationalbibliothek verzeichnet diese Publikation
in der Deutschen Nationalbibliografie; detaillierte bibliografische
Daten sind im Internet über http://dnb.dnb.de abrufbar.

© 2018 Daniela Kickl

© 2018 Illustrationen: Michael Dufek

© 2018 Herstellung und Verlag

BoD – Books on Demand, Norderstedt

ISBN: 978-3-7528-0289-4

Warum, wieso, weshalb und überhaupt

9. November 2017

Man kann vom mittlerweile ehemaligen Bundeskanzler Christian Kern halten, was man mag. Aber seine Rede vor dem Plenum des Nationalrats am 9. November 2017 war gut, wichtig und richtig. Vermutlich hätten sich Zeitungen nicht weiter für diese *"eh klar, das war alles so grauslich, das darf nicht wieder passieren"* - Rede interessiert, hätte es nicht ein paar Ausreißer gegeben. Ausreißer, was den Anschein des Anstandes betrifft. Die sich wohl bereits in Regierungsämtern wähnende FPÖ hatte nämlich nicht applaudiert. Und das war Schlagzeilen wert.

Auch ich habe diese Schlagzeilen gelesen, als ich am Abend des besagten 9. November meinen Laptop gemütlich am Küchentisch aufklappte. Ich konnte und wollte es nicht glauben, dass diese Leute wirklich nicht geklatscht hatten. Also habe ich mir das Video der Rede von Christian Kern angeschaut.

Als ich sie da so sitzen sah, den HC Strache, den Norbert Hofer und auch meinen Cousin Herbert, wie sie schon fast gegrinst haben, wie sich Herbert entspannt zurückgelehnt hat und HC Strache in einer pseudointellektuellen Pose den Anschein des Überdenkens zu Tage legte, da überkam mich eine Ganslhaut der allerübelsten Sorte. Jetzt wahren sie nicht einmal den Anschein des Anstands, nicht einmal mehr den Anschein.

Seit dem Wahlergebnis und der Aussicht, dass sich der junge Sebastian Kurz wohl die FPÖ in die Regierung holen wird, hatte ich mich mit dem Gedanken getragen, mich einzumischen. Weil ich doch in einer einzigartigen Position bin. Der Generalsekretär der FPÖ ist wirklich und wahrhaftig mein Cousin.

Was wäre also, wenn ich ein Brieferl an ihn schreiben würde? Nicht per Post versteht sich, sondern öffentlich auf meiner Facebookseite?

Vermutlich würden sich nicht allzu viele Menschen dafür interessieren, aber in Anlehnung an *"Better to write for yourself and have no public, than to write for the public and have no self"* des englischen Autors Cyril Connolly könnte ich das doch dennoch machen.

Aber es war bisher nichts passiert, was ich gerne mit Herbert besprechen wollte. Außerdem bin ich von Grund auf eine optimistische und positive Natur. *"So schlimm wird es schon nicht werden"*, hatte ich mir gedacht. Die erste schwarz-blaue Allianz war zwar damals auf sehr viel Widerstand und Unmut gestoßen, aber das war wohl eher der Schock als tatsächliche grausliche Machenschaften. Auch war es die Chuzpe des Wolfgang Schüssel, der sich mit Hilfe der FPÖ aus der Position des Wahlverlierers am dritten Platz ins Bundeskanzleramt hieven ließ, die für Empörung gesorgt hatte.

Dieses unglaubliche Auftreten der FPÖ bei der Rede von Christian Kern hat mein halbwegs zuversichtliches *"so schlimm wird es schon nicht werden"*-Gefühl jedoch ausgelöscht. *"Es wird nicht nur schlimm, es wird sogar noch schlimmer werden"* war mein neues Bauchgefühl.

Und ich war regelrecht erzürnt. So richtig zornig. Zornig wegen der unverhohlenen Zurschaustellung ihrer wahren Gesinnung. Nicht, dass mich diese Gesinnung überrascht hätte. Aber dieses Ablegen jeglicher Scham, jeglichen Anstands, jeglichen *"Wir-tun-zumindest-so-als-ob"* war verantwortlich für das neue, schlechte Bauchgefühl. Sie schienen mir regelrecht entfesselt von den Bürden der Heuchelei.

Die nächsten beiden Tage habe ich mit Nachdenken und Abwägen verbracht. Ich wollte sehr gerne etwas schreiben, aber es gibt immer ein Für und ein Wider.

Gegen ein derartiges Statement sprach zum einen die wirklich und wahrhaftig existente Verwandtschaft mit dem Herbert. Tut *"man"* das, darf *"man"* das? Auch wenn wir uns faktisch nicht kennen, so ist er ja doch mein Cousin. Es ist eine Sache, irgendeine öffentliche Person kritisch zu hinterfragen, eine andere bei echter Verwandtschaft.

Weiters sprach dagegen, dass alles, was *rechts* ist, ziemlich humorbefreit ist. Was, wenn mich irgendwelche strammen Recken ausfindig machen und mir Böses antun wollen? Oder noch schlimmer, meinen Kindern? Kann und will ich das verantworten?

Betreffend der Verwandtschaft war ich zu folgendem Schluss gekommen: der Herbert selbst scheißt sich doch auch nix! Immerhin hat er so markige Sprücherln wie *"Daham statt Islam"* und *"Pummerin statt Muezzin"* fabriziert. Oder *"Wie kann einer, der Ariel heißt, so viel Dreck am Stecken haben?"* für Jörg Haiders Aschermittwochsrede 2001 in der Jahnturnhalle in Ried im Innkreis, die auf den Präsidenten der Israelitischen Kultusgemeinde, Ariel Muzicant abzielte. Wer so etwas fabriziert, darf selbstverständlich auch wehleidig sein. Ich würde niemandem sein Recht auf Wehleidigkeit absprechen wollen. Komisch und scheinheilig wäre es aber schon.

Zum vermeintlichen Sicherheitsaspekt hatte ich folgende, letztlich simple Überlegung: wenn es schon so weit gekommen ist, dass ich mir Sorgen und Gedanken um meine eigene Sicherheit und die meiner Familie machen muss, dann muss ich es umso mehr beginnen. Denn in einer derartigen Welt will ich nicht leben müssen. Und meine Kinder sollen auch nicht in Angst groß werden müssen.

Jedenfalls waren die letzten Zweifel, ob ich denn nun wirklich etwas schreiben sollte, von dieser Welle der Anstandslosigkeit der FPÖ weggespült worden. Nachträglich frage ich mich manchmal, ob ich mein erstes Brieferl, oder überhaupt irgendein Brieferl je geschrieben hätte, wenn dieser Haufen einfach geklatscht hätte. Wahrscheinlich nicht. Oder zumindest nicht zu diesem Zeitpunkt. Die Abstinenz des Klatschens hatte zweifelsfrei einen schmetterlingshaften Effekt auf mich.

Es gibt ja eine Menge an kritischen Kommentaren, immer und überall. Egal ob von professionellen Journalisten oder engagierten Menschen in den sozialen Medien. Ich kann die meisten schon gar nicht mehr lesen. Zumindest nicht mit einem Mindestmaß an Freude. Zur reinen Informationsbeschaffung sind sie zweifelsfrei geeignet, jedoch fehlt meistens die vergnügliche Prise. Letztendlich bin ich nach dem Lesen meistens doppelt deprimiert. Wegen des Inhalts sowieso und dann noch zusätzlich wegen der tendenziell negativen Stimmung, die mitschwingt. Da vergeht mir richtig die Lust an der Information.

11. November 2017

Nachdem die zwei Tage des Abwegens und Überlegens vorbei gegangen waren, war für mich jedenfalls klar: ich will ein Brieferl schreiben, in dem ich zwar meine Kritik ordentlich anbringen kann, das aber dennoch so angenehm und witzig zu lesen ist, dass ich schon beim Schreiben meine Freude habe. Und so kam es, dass ich am 11. November 2017 mein erstes Brieferl an den Cousin Herbert auf Facebook veröffentlicht habe.

Die Reaktionen auf dieses erste Brieferl waren witzig. Die am häufigsten gestellte Frage war, ob Herbert denn wirklich mein Cousin oder das nur ein Schmäh wäre. Ich war verwundert. Immerhin heißen wir ja nicht Maier, Müller oder Huber.

Die Sache ist relativ simpel. Unsere gemeinsamen Großeltern in Kärnten konnten sich über die stattliche Anzahl von 14 Kinderlein freuen. In dieser Nachkommenschaft war ein Sohn namens Andreas dabei, der 1969 Vater von Herbert wurde. Ein weiterer Sohn namens Maximilian wurde 1970 stolzer Papa von mir. Während Andreas mit seiner Familie in Kärnten blieb, war mein Vater bereits vor meiner Geburt nach Wien gegangen, wo er Polizist wurde. Wir waren in den Ferien oft in Kärnten und haben dort meine mittlerweile verwitwete Oma besucht.

Auch kann ich mich an einige Onkel und Tanten sowie deren Kinder erinnern. Aber weil es so viele waren, blieben mir nur die besonderen Exemplare lebhaft in Erinnerung. So wie die eine unverheiratete Tante, deren schönes schwarzes Haar ich stets hingebungsvoll bewundert hatte.

Ob bei der einen oder anderen Zusammenkunft auch Cousin Herbert mit von der Partie gewesen war, weiß ich nicht mehr. Nachdem sich die Besuche in Kärnten aufgrund der Scheidung meiner Eltern erübrigt hatten, gab es nur noch telefonischen Kontakt mit der Oma in Kärnten.

Nach meiner Matura im Jahr 1988 habe ich mich zu jenen Studien an der Universität Wien entschlossen, denen man nachsagt, sie würden von Menschen aufgenommen, die eigentlich nicht wissen, was genau sie mit ihrem Leben anstellen wollen: Publizistik und Politikwissenschaft. Ich kann dieses Gerücht zumindest für mich vollinhaltlich bestätigen. Wobei ich mich bei mir selbst nie über mangelndes Interesse beschweren konnte. Es war das Gegenteil der Fall: ich war immer schon an viel zu vielen Dingen interessiert, um mich wirklich festlegen zu können.

Mein Papa hatte mich informiert, dass einer der unzähligen Cousins aus Kärnten nun nach Wien käme, um den gleichen Studien nachzugehen. Sein Name wäre Herbert und ich solle doch Ausschau nach ihm halten. Vielleicht würde er ja Hilfe benötigen in der großen, fremden Stadt.

Von da an saß ich stets mit gespitzten Ohren im Hörsaal, um einen jungen Mann mit Kärntner Dialekt auszumachen. Und tatsächlich! Irgendwann im Jahr 1989, während einer spannenden Vorlesung vom Professor Werner Pleschberger, hörte ich einen jungen Mann hinter mir kärntnerisch mit seinem Freund reden. Ich drehte mich um und fragte gerade heraus: *"Bist du zufällig der Herbert Kickl? Wenn ja, dann bin ich deine Cousine Daniela, die Tochter vom Maximilian."*

Er war zwar der Herbert, aber er war nicht sonderlich an meiner Bekanntschaft interessiert. Hilfestellung in der großen Weltstadt brauchte er nicht und an sonstigen familiären Banden war er auch nicht interessiert. Also wandte ich mich nach der kurzen Feststellung von Herberts Identität wieder dem Vortrag von Professor Pleschberger zu.

Zurück in den Winter 2017. Mittlerweile haben sich ÖVP und FPÖ in innige Koalitionsverhandlungen begeben. Dass der türkise Parteichef keine weitere Koalition mit der SPÖ will, war abzusehen, hatte er sich doch erst gar nicht auf Verhandlungen mit den Roten eingelassen. Die Gedanken der FPÖ, auch Österreich die Möglichkeit zum Austritt aus der EU zu geben, haben mich am 3. Dezember 2017 zu einem weiteren Brieferl inspiriert.

Dezember 2017

Der Advent war eine aufregende Zeit. Wie alle politisch interessierten Österreicher beobachtete ich gespannt die Koalitionsverhandlungen. Explizite Harmonie sprühte einheitlich aus den türkis/schwarzen und blauen Teilnehmern. Mit der SPÖ war seitens der ÖVP erst gar nicht gesprochen worden, zumindest nicht offiziell.

Natürlich beobachtete ich Cousin Herbert besonders genau. Er war immer der Mann für's Grobe gewesen, stets im Hintergrund agierend, Mastermind zuerst für Jörg Haider und später für Heinz-Christian Strache. Er war zwar fleißig an den Verhandlungen beteiligt, ob er jedoch selbst seinen ihm angestammten Platz verlassen würde, war völlig unklar. Er hatte jahrzehntelang die Rolle im Hintergrund nicht nur gut, sondern augenscheinlich auch gerne ausgefüllt.

Am Freitag, 15. Dezember hatte *derstandard.at* die Schlagzeile *"FPÖ-Ministerliste ist fix: Kickl wird Innenminister"*. Dankenswerter Weise hatten sie *"Herbert"* nicht dazugeschrieben und so kam es, dass ich von wohlwollenden wie fadisierten Freunden und Bekannten via Facebook augenzwinkernd beglückwünscht wurde.

18. Dezember 2017

Nachdem ich mir mit meiner Familie die Angelobungszeremonie angeschaut hatte, schrieb ich am späten Nachmittag des 18. Dezembers via Facebook ein Brieferl, in dem ich Herbert zum Innenminister gratulierte. Auf meine ganz eigene Art und Weise.

Nach dem gemeinsamen Abendessen mit der Familie stellte ich gleichermaßen erstaunt wie verzückt fest, dass sich unglaublich viele Menschen für mein Brieferl interessiert hatten. Letztlich hatte ich beinahe 1 Million Leser erreicht und knapp 19.000 Likes bekommen. Der Beitrag war fast 6.000 Mal geteilt worden.

Ein Freund schickte mir noch am gleichen Abend einen Link der *kleinezeitung.at*, der die Schlagzeile *"Herbert Kickl bekommt eine öffentliche Standpauke seiner Cousine"* hatte.

Es sollte in den nächsten Tagen nicht der einzige derartige Artikel bleiben. In- und ausländische Zeitungen berichteten, darunter auch der *oglobo.globo.com* in Brasilien unter dem Titel *"Prima critica ministro da extrema-direita um dia após posse na Áustria"* sowie *montevideo.com.uy* in Uruguay mit der Schlagzeile *"Una prima del nuevo ministro del Interior austriaco le critica duramente en una carta abierta"*.

Ich könnte mir gut vorstellen, dass diese Länder deshalb so interessiert waren, weil sie ihr Gfrett mit diversen Nazis hatten. Und vielleicht immer noch haben, mit deren Nachfahren. Die Begüterten unter den Nazis hatten sich nach dem zweiten Weltkrieg zwar hauptsächlich nach Argentinien abgeseilt, sich aber von dort aus weiter in ganz Südamerika ausgebreitet. Immerhin war Bertioga, Brasilien der Sterbeort von Josef Mengele.

Nun gut. Wenn sich so viele Menschen für Regierungskritik der anderen Art interessieren, dann werde ich weiterschreiben. Ich finde es ja selbst auch lustig und vor allem befreiend. Und wer weiß, vielleicht kann ich wirklich etwas dazu beitragen, dass die Welt wieder besser wird. Weil dieses bumbastische Gruselkabinett hat sich niemand verdient. Nicht einmal jene, die sie gewählt hatten.

~ ~ ~

11. November 2017, Brieferl No.1 – Der unbekannte Virus

Lieber Cousin Herbert,

besorgt habe ich festgestellt, dass sich offenbar ein schlimmer, bisher noch unbekannter Virus bei dir und sonstigen Getreuen des Zahntechnikers breit gemacht hat. Die wunderliche Auswirkung scheint sich in eingeschlafenen Händen zu manifestieren.

Ich mag es, den feschen HC einfach *"Zahntechniker"* zu nennen. Das hat so etwas Erdiges, Ehrliches, Ehrenwertes. Der perfekte Repräsentant für den kleinen Mann. Der Kern ist ja auch fesch, aber halt Akademiker. Gut, dass Bildung bei euch nicht gar so einen hohen Stellenwert hat.

Da fällt mir ein: der Zahntechniker würde sich sicher gut mit der Russlandexpertin Sarah Palin verstehen. Vielleicht können sie ja gemeinsam das Thema *"Weinbau in Grönland"* erörtern.

Immerhin hatte es am 9. November zumindest der Zahntechniker geschafft, seine Hände elegant vor seinem Mund zu platzieren. Was mir die Hoffnung gibt, dass es sich bei dem Virus um eine linke Bazille und nicht um eine (r)echte Gefahr handelt. Hat er sich gar ob seiner eigenen Widerstandsfähigkeit ins Fäustchen gelacht? Wer weiß das schon ...?

Ich bin mir ja sicher, dass der Zahntechniker sein Herz am rechten FlEck hat. Immerhin hat er vor der Wahl in einem Interview gesagt, dass er nichts mehr verabscheut, als belogen zu wurden. Das gefällt mir gut. Auch, dass er selbst seine ehrliche Art als Hauptcharakterzug sieht. Das alles konnte auf *derstandard.at* unter dem Titel *"Strache möchte einmal am Land leben und bewundert Robin Hood"* nachlesen.

So soll es sein. Gerade in der Politik, die ja manchmal in dem Ruf steht, dass die Wahrheit zu Kurz kommt. Aber mit euch sind wir auf der sicheren Seite. Die Idee, die Bürde der Pflichtmitgliedschaft in den Kammern endlich von den Schultern von uns Kleinen zu nehmen, ist schlichtweg genial.

Den Erfolg von freiwilligen Versicherungen und Mitgliedschaften kennen wir ja alle dank des fantastischen Gesundheits- und Sozialsystems der USA. Siehst du, noch ein Thema für den Zahntechniker und die Palin. Außerdem wäre das doch auch noch eine Idee, oder? Die Zwangsmitgliedschaft bei den Krankenkassen abschaffen! Ist ja wahr, diese ewige Bevormundung muss endlich ein Ende haben!

Die Gesamtbelastung auf Löhne und Gehälter solltet ihr freilich gleich lassen. Außerdem die Mindestsicherung flächendeckend kürzen und sonstige unnötige Sozialausgaben streichen. Das ganze schöne Geld könnt ihr ja dann dafür verwenden, um beispielsweise den Spitzensteuersatz zu senken. Oder um die Einführung der Erbschaftssteuer zu verhindern. Oder um die wettertechnisch so gemütlichen Steueroasen aufrecht erhalten zu können. Damit die armen Reichen und Bestverdiener auch ein wenig entlastet werden. Wenn wir Kleinen von den Mitgliedschaften und Bürden von Sozialalmosen befreit werden, dann ist das nur fair und gerecht.

Ich hoffe, es geht euch allen bald besser. Und ihr könnt euch wieder mit voller Kraft der Unterstützung des kleinen Mannes widmen.

Liebe Grüße,
Cousine Daniela

~ ~ ~

3. Dezember 2017, Brieferl No.2 – Der Öxit in Reichweite

Lieber Cousin Herbert,

ich könnte wieder einmal nicht stolzer sein, auf dich und den Zahntechniker. Endlich will uns jemand die Möglichkeit anbieten, aus der depperten EU auszutreten. Hat uns ja bisher nix als Scherereien eingebracht, der ganze Müll. Wie könnten wir nicht heute dastehen, wenn wir uns damals nicht hätten einlullen lassen.

Ich meine, Dinge wie Niederlassungs- und Reisefreiheit, gemeinsamer Binnenmarkt oder gar die Grundrechte, wer braucht das schon?

Gut, dass wir euch haben. Ihr bringt uns schon auf den rechten Weg. Glücklicherweise habt ihr ja genug Ideen, wie man Geld einsparen kann, um eine entsprechende Kampagne zu finanzieren.

Die Volksabstimmung selbst kostet ja auch ein bissl was. Ich bin mir sicher, dass die Kürzungen bei der Mindestsicherung und vor allem die Zusammenlegung der Krankenkassen genug einbringen werden, um auch den letzten zitternden morschen Knochen von der Sinnlosigkeit der EU zu überzeugen. Hoch die Fahne, denn heute gehört uns Österreich!

Ihr könnt ja dann auch die Grenzen dicht machen - so richtig dicht meine ich. Am besten gar keinen mehr rein lassen! Und raus natürlich auch nicht! Nicht dass sich die Reichen alle vertschüssen, weil es sich anderswo steuerschonender leben lässt.

Ich kann nur hoffen, dass Eure Freundschaften mit Marie, Viktor und Geert nicht allzu sehr leiden werden, wenn das mit Europa nix mehr ist. Na ja, ihr seid ja gesellige Leute und findet sicher neue Freunde. Die Krim soll ja auch sehr schön sein. Und der Sekt von dort erst recht.

Weiter so, lieber Herbert. Danke für eure Visionen!

Liebe Grüße,
Cousine Daniela

~ ~ ~

5. Dezember 2017, Brieferl No.3 – Die Ehe und noch dazu für alle

Lieber Cousin Herbert,

eigentlich wollte ich ja gar nicht so schnell wieder schreiben. Aber du hattest heute so einen anstrengenden und aufregenden Tag, da muss ich dir schon beistehen.

Diese Ludern von der ÖVP aber auch. Ja genau, die sind schuld, dass die ganzen Schwulen und sogar die Lesben jetzt heiraten dürfen. Was haben die Schwarzen auch für die eingetragene Partnerschaft gestimmt - damals 2009?

Und warum ist dir und dem Zahntechniker das nicht schon damals aufgefallen? Aber wahrscheinlich hast du es einfach vergessen. Verständlich, ihr habt ja alle viel zu tun.

Du hast ja so recht - Ungleiches wird nun gleich behandelt. Ich bin mir ja nicht ganz sicher, deshalb frage ich nach.

Wenn auch du die *"Ehe für alle"* nicht so magst, soll dann die Ehe für verschiedene Geschlechter verboten werden? Weil da sind die Leute ja nicht so gleich wie bei den Homosexuellen. Das wäre echt mal eine Innovation!

Mich beunruhigt ja auch zutiefst, dass der Kardinal Schönborn so beunruhigt ist. *"Es ist beunruhigend, dass sogar die Verfassungsrichter den Blick verloren haben für die besondere Natur der Ehe als Verbindung von Mann und Frau"* hatte er gegenüber Kathpress gesagt.
So steht es im *kurier.at* unter dem Titel *"Ehe für alle': Kardinal Schönborn attackiert VfGH"* geschrieben.

Will er denn gar die ganzen Schwulen und Lesben jetzt auch kirchlich heiraten lassen? Weißt du da Näheres?

Weil dann kann ich seine Beunruhigung schon nachvollziehen. Da käme vermutlich ein bisschen Arbeit auf seine Gefolgsleute zu. Sind das überhaupt seine Gefolgsleute, die österreichischen Pfarrer? Oder unterstehen die dem Papst? Na ja, indirekt sicher. Und der Franziskus findet Homosexuelle ja auch nicht schlecht. Das wäre also gleich noch eine Innovation in Österreich! Alle Homosexuellen dürfen ab sofort auch kirchlich heiraten.

Ich wünsche dir weiterhin viel Erfolg beim Ausrotten der Gleichbehandlung des Ungleichen in Österreich. Steht ja auch schon in unserer schönen Verfassung so drinnen.

Liebe Grüße,
Cousine Daniela

~ ~ ~

18. Dezember 2017, Brieferl No.4 – Herzliche Gratulation

Lieber Cousin Herbert,

du hast es tatsächlich geschafft! Heute bist du endlich, als Erster in unserer Familie, zum Minister unserer schönen Alpenrepublik angelobt worden. Goa net schlecht! Gratulation jedenfalls, wir sind alle sehr stolz auf Dich. Na ja fast. Mehr oder weniger halt.

Aber wer will schon, jetzt und heute, an diesem Freudentag, pingelig sein. Ich bin auch nicht pingelig, ich verstehe nur manche Sachen nicht.

Gut, dass ihr immer für alles Ungemach die Ausländer verantwortlich macht, das wissen eh alle. Völlig zu Recht freilich, sackeln uns diese Gfrastsackln doch förmlich aus. Und die paar ausländischen Krankenschwestern und Busfahrer, Pflegerinnen und Ärzte, Putzfrauen und Automechaniker, auf die können ma eh eigentlich auch noch verzichten.

Was ich nicht ganz verstehe ist ja, dass Ihr FPÖ-ler euch immer als Partei des *"kleinen Mannes"* verkauft habt. Irgendwie finde ich dazu aber jetzt so rein gar nix im aktuellen Regierungsprogramm. Aber vielleicht verstehe ich es ja auch nicht.

- Wie genau profitiert der *"kleine Mann"* von der Kürzung des Arbeitslosengeldes, wenn er für längere Zeit keine Arbeit gefunden hat?
- Wie genau profitiert der *"kleine Mann"* von einem Modell wie Hartz IV?
- Wie genau profitiert der *"kleine Mann"* vom neuen Mietrecht, marktkonformen Mieten und Mehreinnahmen für Zinshausbesitzer?
- Wie genau profitieren die *"kleinen Kinder"* des *"kleinen Mannes"* von der Einführung der Studiengebühren?

Ich könnte die Liste jetzt noch fortsetzen, aber ändern tät sich nix. Man könnte fast den Eindruck gewinnen, ihr verarscht alle. Na ja, Hauptsache es wird mehr Polizei geben und die Überwachung der Schäfchen wird verschärft.

Aber vielleicht tu ich euch ja auch Unrecht und das alles ist auf Bastis Mist gewachsen und ihr könnt faktisch gar nix dafür. Ihr habt halt notgedrungen mitgemacht. Könnte sein, wer weiß das schon.

Und wenn dann die Legislaturperiode bald wieder aus sein wird, dann werdet Ihr wieder auf die Ausländer zeigen und wieder sagen, dass es noch immer zu viele gibt, die *"in unseren Zelten herumliegen und uns auf den Taschen"*. In der Hoffnung, dass der kleine Mann bis dahin vergessen haben wird, dass es ihm jetzt auch schlechter geht.

Ich will dir ja jetzt sicher nicht den Spaß verderben, aber es wird sie geben ...
 - diejenigen, die nicht vergessen werden
 - diejenigen, die die anderen daran erinnern werden
 - diejenigen, die aus dem blauen Scherbenhaufen eine
 bessere Welt basteln werden

Liebe Grüße,
Cousine Daniela

~ ~ ~

Reichen-Programm statt kleiner Mann!
Was hat er gesagt? Raucher-Programm?
DUFEK
Angelobung

23. Dezember 2017, Brieferl No.5 - Frohe Weihnachten und wir sind mehr

Lieber Cousin Herbert,

erleichtert habe ich festgestellt, dass meine Sorgen um dich und deine FPÖ-Kollegen, die ich mir am 9. November gemacht hatte, völlig unbegründet waren. Es war wohl doch kein Virus, der euch befallen hatte, es war wohl eher im Gegenteil die Befreiung von den Ketten der Heuchelei.

Endlich müsst ihr nicht mehr Sorgen ums Wohlergehen des kleinen Mannes heucheln, endlich könnt ihr agieren, wie es euch gefällt. Dass du dir den (mittlerweile ehemaligen) Chefredakteur von *unzensuriert.at*, Alexander Höferl, als Kommunikationschef geholt hast, ist eine tolle und vor allem konsequente Entscheidung.

Leicht habt ihr es dennoch nicht, was mir wiederum sehr leid tut. Irgendwie habe ich nämlich den Eindruck, dass eure Wähler ein wenig angepapperlt sind. Aber wurscht, wer fühlt sich schon dem Wähler verpflichtet. Viele haben die Jubelnachricht des obersten Zahntechnikers über die Entlastung der *"kleinen und fleißigen Arbeitnehmer"* offenbar nicht verstehen wollen und ihm das auch noch geschrieben. Die sind schon auch ordentlich renitent.

Hat dein Chef eigentlich früher Kontaktlinsen getragen? Oder stellte sich die Sehschwäche plötzlich ein? Oder haben seine Brillen gar nur Fensterglas und er möchte seriöser wirken? Weißt du das zufällig?

Hier mein Lieblingszitat, extra für dich und deinen zahntechnischen Chef. Habe ich im Artikel *"FPÖ erntet Shitstorm auf Facebook"* auf *oe24.at* gefunden.

"Ist ja geil, Arbeite ich Teilzeit und betreue die Kinder, verdiene ich zu wenig. Arbeit ich ganztags und seh meine Kinder kaum mehr, verdiene ich zu viel. Eigentlich genau mein Humor, wenn's nicht so traurig wäre."

Klar, *oe24.at* ist bei weitem nicht so seriös wie *unzensuriert.at*. Aber noch darf ja frei berichtet werden. Dieses Ungemach habt ihr wirklich nicht verdient. Was glauben diese Leute eigentlich - sie durften eh ihre Stimmen abgeben! Und jetzt sollten sie doch besser nix mehr sagen und euch lieber einmal in Ruhe arbeiten lassen.

Vielleicht, das ist jetzt reine Spekulation, haben die Leute aber den Artikel 1 unserer Bundesverfassung im Hinterkopf.

Ich bin mir nicht sicher, wie weit selbige Verfassung in eurer Partei bekannt ist, deshalb schreibe ich dir, was da drinnen steht:

"Österreich ist eine demokratische Republik. Ihr Recht geht vom Volk aus."

Spontan erinnere ich mich gerade, dass ihr ja eigentlich nur Dritter geworden seid bei der letzten Nationalratswahl. Wenn man diejenigen, die nicht oder ungültig gewählt haben, mit einberechnet, dann habt ihr gerade einmal 20,5% der Stimmen bekommen. Is eh net schlecht, aber das depperte daran ist halt, dass 79,5% euch eben nicht gewählt haben.

Wenn man die gleiche Rechnung für beide Regierungsparteien vornimmt, dann habt ihr gemeinsam 45,5% der Stimmen bekommen. Auch nicht schlecht. Und dennoch - die Mehrheit von 54,5% hat euch NICHT gewählt. Vielleicht kommen die renitenten und verständnislosen Kommentare auch von dieser Mehrheit und gar nicht von euren eigenen Wählern.

Wie auch immer - morgen ist Weihnachten.

Ich wünsche dir und deinen Parteifreunden, allen FPÖ-Wählern und allen Nicht-FPÖ-Wählern von ganzem Herzen ein besinnliches Fest.

Liebe Grüße,
Cousine Daniela

P.S.: Ich danke allen Menschen, die meine letzte Nachricht gelesen und in so vielfältiger Weise kommentiert haben.

Ich danke all jenen, die mich gerne am Scheiterhaufen oder an sonstigen ungemütlichen Plätzen sehen würden. Euch wünsche ich nicht nur besinnliche, sondern vor allem entspannte Weihnachten.

Ich danke all jenen, denen mein Schreiben gefallen hat und die mir persönliche, wertschätzende Nachrichten geschrieben haben. Euch allen wünsche ich nicht nur besinnliche, sondern Weihnachten, wie ich sie heuer erleben werde. Ein Weihnachten in dem Bewusstsein, dass wir viele sind. Dass wir sogar mehr sind. In dem Bewusstsein, dass wir etwas ändern können und werden. Ohne rosarote Brille, aber mit einem gemeinsamen Fundament. Denn eines sind wir ganz sicher nicht: blau-äugig.

~ ~ ~

30. Dezember 2017, Brieferl an alle Menschen

Liebe Menschen da draußen,

meine letzten 2017 hier geschriebenen Worte richten sich nicht an den lieben Cousin Herbert, sondern an Euch.

Herbert und der Zahntechniker, der Kurze und die vaporisierte Doppelgängerin sowie alle anderen türkis-blauen Regierenden mögen sich nicht grämen - 2018 kommt bestimmt. Da werde ich schon wieder an sie denken und wünsche ihnen bis dahin viel Glück.

Es vergeht ja kein Tag, an dem nicht wieder glorreiche Ideen, durchdachte Strategien oder sensationelle Personalentscheidungen der neuen Regierung ans Licht kommen. Der in kognitiver Dissonanz erstarrte türkis-blau-Wähler wähnt sich noch immer auf der sicheren Seite, denn immerhin wird den Asylwerber das Leben im österreichischen Saus und Braus ordentlich vermiest.

Die Zeiten sind so verflucht interessant, dass man fast verzweifeln möchte. Aber eben nur fast.

In diesem Sinne wünsche Euch allen da draußen eine wunderbare Silvesternacht und kommt gut rüber ins Neue Jahr 2018.

Wir sehen uns ....

~ ~ ~

2. Jänner 2018, Brieferl No.6 – HartzIV und die Gerberei

Lieber Cousin Herbert,

da rutscht man frohen Mutes ins Neue Jahr und schon wird man wieder mit den neuesten Streichen von *"Basti und Bumsti"* konfrontiert. (So nennen viele Menschen das Duo an der Regierungsspitze.)

Jedenfalls war der Beste aller Neujahrsstreiche das Streichen des Jobbonus sowie der Aktion 20.000. Nicht auszudenken, welch fatale Auswirkungen mehr Beschäftigte auf die Republik gehabt hätten. Andererseits wären die bisher Arbeitslosen doch dann den von Euch als Zielgruppe auserkorenen *"Fleißigen und Anständigen"* zuzurechnen gewesen, oder täusche ich mich da? Irgendwie verstehe ich das wieder nicht.

Es könnte natürlich auch sein, dass es andere Gründe für diesen Streich gibt. Vielleicht wollte sich der türkise Kurze ja von den schwarzen Mittätern distanzieren, die damals die Programme befürwortet haben. Vielleicht wollten Basti und Bumsti ja auch unter allen Umständen verhindern, dass sich auch nur ein Einziger der Profiteure dieser Aktionen daran erinnert, wem sie diese eigentlich zu verdanken haben, nämlich der SPÖ.

Diese sozialen, ja linken Ideen auch immer. Na wie gut, dass das alles jetzt endlich ein Ende hat.

Dennoch mache ich mir Sorgen um eure Wählerschaft. Was passiert denn mit euch, wenn sie dahinter kommen, eure Wähler, dass sich ihr Leben euretwegen verschlechtert hat?

Ob ihnen ihre eigene Haut letztlich doch näher sein wird, als ein paar Asylwerber weniger? Was, wenn sie bemerken, dass sie letztlich nichts anderes haben, als ihre Haut?

Ich habe ja stets deine Kreativität bewundert, wenn dir so Sprüche wie *"Daham statt Islam"* oder *"Pummerin statt Muezzin"* eingefallen sind. Motiviert im neuen Jahr, probiere das jetzt auch.

Als Erstes ist mir *"Lieber schlau statt blau"* eingefallen. Das reimt sich so schön und polarisiert total. Aber es gefällt mir nicht, weil es implizieren würde, dass jeder FPÖ-Wähler unschlau ist. Aber vielleicht sollten solche Sprücherln ja genau das machen. Weil es ja nicht um Achtung und Respekt, sondern um Aufhussen und Auseinanderdividieren geht. Aber das ist nicht meine Art.

Ich habe ein anderes Sprücherl:

"Lieber Marx statt Hartz".

Karl Marx war ein Philosoph ersten Ranges und sein Werk *"Das Kapital"* ist noch immer – oder besser – leider schon wieder brandaktuell. Das sage nicht (nur) ich, das meint auch die Lisa Nienhaus auf *zeit.de* unter dem Titel *"Karl Marx: Er ist wieder da"*, in dem sie postuliert:

"Karl Marx sah die Probleme des Kapitalismus vorher, die heute die Rechtspopulisten befeuern."

Der Marx hat ja nicht nur klug, sondern irgendwie auch witzig geschrieben. Diese Stelle hier gefällt mir ja besonders gut:

"Der ehemalige Geldbesitzer schreitet voran als Kapitalist, der Arbeitskraftbesitzer folgt ihm nach als sein Arbeiter; der eine bedeutungsvoll schmunzelnd und geschäftseifrig, der andre scheu, widerstrebsam, wie jemand, der seine eigne Haut zu Markt getragen und nun nichts andres zu erwarten hat als die – Gerberei."

Vielleicht bemerkt auch der geneigte Blau- oder Türkiswähler bald, dass der Kurze und der Zahntechniker nichts anderes für seine Haut bereithalten, als die Gerberei ...

Liebe Grüße,
Cousine Daniela

~ ~ ~

4. Jänner 2018, Brieferl No.7 – Was ist eigentlich das Ziel?

Lieber Cousin Herbert,

nach der phänomenalen, wahrscheinlich total gemütlichen Regierungsklausur im Schloss hat sich mir eine Frage aufgedrängt. Selbige lautet: Was ist eigentlich das Ziel?

Ich verstehe schon, was gemacht wird. Es muss dringend beim gemeinen Volk gespart werden, damit Polizei, Heer (inklusive Militärgymnasium) und Überwachungsmaßnahmen finanziert werden können. Und die Massenunterkünfte natürlich, für die Asylwerber. Das lässt sich ja auch pipifein realisieren.

Nur mit welchem Ziel? Also außer, dass es den Protagonisten vielleicht um die eigenen Positionen und Machterhalt geht. Was ist das Ziel von Basti und Bumsti?

Ich dachte mir, dass du, der sich ja auch für Philosophie interessiert, diese Frage eventuell beantworten kannst. Oder zumindest weiterleiten.

Immanuel Kant (der Philosoph, nicht der von der Wurst) hat rückblickend auf sein Lebenswerk gemeint, dass er sich im Wesentlichen mit drei Fragen beschäftigt hatte:

- Was können wir wissen?
- Was sollen wir tun?
- Was dürfen wir glauben?

Wissen und Glauben lasse ich hinsichtlich dieser Regierung mal außer Acht – über das Eine verfügt sie nicht so sehr, hat es den Anschein, und das Zweite sollte sie anderen überlassen. Aber die Frage *"Was sollen wir tun?"* beinhaltet ja doch das höhere Ziel. Wie soll man denn jemals wissen, was man tun soll, wenn man nicht weiß, wo man eigentlich hin will?

Damit die Beantwortung dieser Frage, schon rein aus Zeitgründen, Basti wie Bumsti nicht zu sehr anstrengt, war ich so frei, ein paar Antwortmöglichkeiten vorzubereiten. Dann müssen sie nur noch mit der entsprechenden Zahl antworten.

1) Das Ziel liegt irgendwo am Weg und der ist eben steinig. Was soll das ewige Geraunze?

2) Ziel? Wo?

3) Die Verwirrung wird all jene verwirren, die nicht wissen, wo all diese kleinen Dinge zu finden sind, die verknüpft sind, mit einer Art von Handarbeitszeug. (aus *Das Leben des Brian* von Monty Python)

4) Lasst uns doch endlich mal in Ruhe arbeiten, dann werdet ihr schon sehen!

Liebe Grüße,
Cousine Daniela

~ ~ ~

5. Jänner 2018, Brieferl No.8 – Der Polizeistaat

Lieber Cousin Herbert,

jetzt schreibe ich schon wieder. Die ist ganz schön anstrengend, diese Regierung. Aber was soll man denn machen, wenn Basti und Bumsti eine so fragwürdige Performance liefern. Da fällt mir übrigens ein, dass ich mich an keine Regierung erinnern kann, die mit derartig vielen Kosenamen belegt wurde. Na ja, es heißt doch? *"Humor ist, wenn man trotzdem lacht."*

Weißt du, was mir ungut auffällt? Diese Vermischung von Polizei und Bundesheer. Ja, ich weiß, ihr wollt nur einsparen und optimieren. Und ich weiß auch, dass der Bubenkanzler (noch so ein Kosename, der mir oft unterkommt) jetzt nicht gar so wahnsinnig gebildet ist. Dein Chef, der Zahntechniker, ja auch nicht.

Deshalb habe ich mir gedacht, ich schreibe mal so ganz grob zusammen, wie ein ordentlicher Rechtsstaat funktioniert.

Also erstens gibt es da die sogenannte Gewaltenteilung. Das bedeutet, dass eine Partie für die Gesetzgebung zuständig ist, die zweite Partie setzt die Gesetze um und die Dritte spricht das Recht. Manche nennen das auch Legislative, Exekutive und Judikative.

So weit, so gut.

Der zweite Punkt ist – das Militär fällt zwar in die Kategorie Exekutive , ist aber dennoch primär für den Notfall da, wenn wir angegriffen werden sollten. Und da dies glücklicherweise schon länger nicht passiert ist, helfen sie bei zivilen Notsituationen, wofür alle dankbar sind.

Nun soll ja an der doch weiter existierenden Militärakademie in Wiener Neustadt auch polizeiliches Personal ausgebildet werden.

Und wenn du heute sagst, dass du die Aufregung wegen der Asylwerber inklusive Ausgangssperre in Kasernen nicht verstehst, weil doch junge Männer im Zuge des Militärdienstes in Österreich das auch beschwerdefrei hinnehmen, dann ist mir dieser Zusammenhang auch nicht ganz klar.

Könnte man das nicht dann auch auf andere Gruppen umlegen?

Mit dem gleichen Argument?

Weil junge Wehrpflichtige das *"beschwerdefrei"* hinnehmen, so könnten das z.B. auch alle sozialschmarotzenden Mindestsicherungsbezieher hinnehmen? Also nicht, dass ich euch auf irgendwelche Ideen bringen will, ich frag nur.

Lass mich mal kurz zusammenfassen: Polizei (2.100 neue Stellen hast du ab 2019 zugesagt) und andere Sicherheitsdienste sollen gestärkt werden. Das soziale Leben soll reglementiert werden (wenn ich an die Idee mit den Asylwerberunterkünften und die dazugehörige Ausgangssperre denke). Ist doch so korrekt, oder?

"Charakteristisch sind eine starke Stellung der Polizei und anderer staatlicher Sicherheitsdienste (wie die Geheimpolizei) sowie eine repressive Reglementierung des politischen, wirtschaftlichen und sozialen Lebens."

Das steht so im Wikipedia-Artikel zum Thema *"Polizeistaat"*.

Danke, Basti und Bumsti und dir, lieber Herbert – ihr verwandelt offenbar langsam aber sicher, schleichend aber dennoch, den österreichischen Rechtsstaat in einen Polizeistaat.
Aber vielleicht habe ich ja auch alles falsch verstanden …

Liebe Grüße,
Cousine Daniela

~ ~ ~

6. Jänner 2018, Brieferl No.9 – Eine simple Milchmädchenrechnung

Lieber Cousin Herbert,

am 2. Jänner habe ich die neue Sozialministerin Beate Hartinger-Klein in der ZIB2 bewundert. Sie machte mir einen sympathischen und vor allem kompetenten Eindruck. Und was mir besonders gefallen hat, war das Rückgrat, mit dem sie gesagt hat: *"Also gleich ganz deutlich: Hartz IV wird es bei mir nicht geben."* So, wie sie das gesagt hatte, war ich ernsthaft geneigt, ihr zu glauben.

Aber der kurzfristige Anflug von Hoffnung, dass vielleicht wirklich nicht alles so ist, wie man es verstehen könnte, ist freilich schon wieder verpufft. Sie wurde mittlerweile vom Bubenkanzler auf Linie gebracht.

Klar, die neue Regierung sagt nicht *"wir führen jetzt Hartz IV ein"*. Ihr nennt es *"Arbeitslosengeld Neu"*. Klingt ja viel schöner, weil *"neu"* ist irgendwie immer besser.

Und was ist denn schon dabei, ein Hartz IV Modell einzuführen, wenn doch dafür im Gegenzug die Beiträge für die Arbeitslosenversicherung weniger werden.

Ob der geneigte Wähler verstehen wird, dass er für ein paar Euro weniger Abzüge ein existenzbedrohendes Risiko aufgehalst bekommt?

Ich finde es gut, dass man endlich auf die Eigenverantwortung hofft. Jedoch scheint ihr ja anzunehmen, dass jeder, der keine Arbeit hat, auch keine will. Also quasi entweder zu faul oder zu blöd ist, sich eine Arbeit zu finden. Oder gar beides?

Ich habe mal auf der Webseite des AMS nachgeschaut, weil mich diese Theorie doch interessiert hat. Im Dezember 2017 gab es in Österreich insgesamt 68.902 offene Stellen. Dem gegenüber stehen 378.741 Menschen, die arbeitslos waren.

Wenn man die Schulungsteilnehmer mit ein berechnet, waren es insgesamt 443.481 Menschen.

Klar, ich bin keine Expertin. Aber müssten die Zahlen nicht umgekehrt sein, wenn man an die Eigenverantwortung der Menschen appelliert? Weil wenn ich jetzt, nach Milchmädchen-rechnungsmanier, alle offenen Stellen rein rechnerisch besetze, dann würden doch noch immer noch 309.839 Menschen keine Arbeit haben. Weil es keine gibt. Die in den Schulungen habe ich für meine Rechnung dort belassen. Damit es nicht noch mehr werden.

Ach ja, ich vergaß natürlich die 2.100 Stellen, die für die Polizei geschaffen werden sollen. Dann sind's ja eh nur mehr 307.739, die keine Arbeit mehr haben. Uff, und dabei hatte ich mir doch wirklich schon ernsthaft Sorgen gemacht.

Liebe Grüße,
Cousine Daniela

~ ~ ~

7. Jänner 2018, Brieferl No.10 – Den Menschen eher doch nicht im Wort

Lieber Cousin Herbert,

wir haben heute Jubiläum! 10-maliges *"Lieber Cousin Herbert"*-Brieferl Jubiläum! Unglaublich, wie die Zeit dahin rast.

Begonnen hat ja alles damit, dass ich mir solche Sorgen um dich und deine Parteikollegen gemacht hatte. Wegen eines bis dato unbekannten Virus, der eingeschlafene Hände zur Folge hat. Glücklicherweise haben sich diese Sorgen letztlich als unbegründet erwiesen.

Ich habe gesehen, dass du jetzt endlich auch eine Facebookseite hast. Haben dich meine Brieferln dermaßen inspiriert? Das finde ich total nett. Ich weiß, du wolltest soooo gerne 10.000 Likes bis zum 6. Jänner haben, aber leider hat das trotz der Einladung zum Neujahrstreffen nicht geklappt. Vielleicht erbarmt sich ja der eine oder andere FPÖ-Wähler, der so gerne liest und kommentiert, was ich hier schreibe, und drückt das Knopferl für dich. An mir soll es nicht liegen, ich unterstütze, wo ich kann. Schreibst du eigentlich auch selbst oder macht das jemand für dich?

"Österreich verpflichtet – den Menschen im Wort". Das steht in diesem urcoolen Video, das du geteilt hast. Echt wahr? Den Menschen im Wort? Welches Wort könnte damit gemeint sein? Das Wort aus dem Wahlprogramm vielleicht? Nun gut ...

<u>Wahlprogramm</u>: Freier Eintritt für österreichische Familien in unsere Museen
<u>Regierungsprogramm:</u> Attraktivierung des Besuchs von Bundesmuseen durch spezielle preisliche Angebote, insbesondere für Familien

Wahlprogramm: Ausbau der direkten Demokratie nach Schweizer Vorbild

Regierungsprogramm: da steht ganz schön viel, beispielsweise *"In der Volksabstimmung entscheidet die unbedingte Mehrheit der gültig abgegebenen Stimmen; die Stimmen für die Umsetzung des Volksbegehrens müssen mindestens ein Drittel der wahlberechtigten Bevölkerung repräsentieren"* – aber nirgends, dass es auch nur annähernd so funktionieren soll, wie in der Schweiz.

Wahlprogramm: Studiengebühren und *"Herkunftslandprinzip"* für Nicht-Österreicher

Regierungsprogramm: Moderate Studienbeiträge (Anmerkung: für alle)

Wahlprogramm: Einführung eines Mindestlohnes von 1.500 Euro brutto monatlich

Regierungsprogramm: goa nix

Wahlprogramm: Nein zu den Freihandelsabkommen CETA, TTIP und TiSA

Regierungsprogramm: Ratifizierung und Umsetzung des am 18.10.2016 im Ministerrat und in weiterer Folge am 30.10.2016 von der Europäischen Union und Kanada beschlossenen Handelsabkommens CETA

Wahlprogramm: Verbot von Tierversuchen in der chemischen, agrarischen und kosmetischen Industrie

Regierungsprogramm: wieder nix

Wahlprogramm: Garantie für die Nutzung von Diesel-Kfz bis 2050 – keine Schikanen für Diesel-Fahrer

Regierungsprogramm: auch wieder nix

Aber ich hör eh schon auf, sonst wird es vielleicht noch peinlich. Das mit dem *"Den Menschen im Wort"*. Außerdem ist wahrscheinlich an allem Ungemach sowieso der Basti Schuld. Weil immerhin ist er ja der Buben- pardon Bundeskanzler. Also wird er auch das letzte Wort gehabt haben.

Letztlich ist das aber eh recht praktisch für euch. Weil dann könnt ihr immer noch sagen *"wir hätten ja, aber wir konnten nicht"*. Das macht die käufliche Braut ÖVP ja auch immer gerne. So tun, als wäre alles von den bösen Roten gemacht worden. So tun, als hätte man genau nix mit allem zu tun gehabt.

Liebe Grüße,
Cousine Daniela

~ ~ ~

8. Jänner 2018 – Brieferl No.11 – Die türkise Buberl- und Mäderlpartie

Lieber Cousin Herbert,

zuerst möchte ich dich zu den angestrebten 10.000 Likes auf deiner Facebookseite beglückwünschen. Schön, dass mein Aufruf etwas bewirkt hat. Danke an alle FPÖ-Wähler und Herbert-Fans hier, die mitgemacht haben. Da seht ihr es wieder – gemeinsam geht irgendwie doch alles besser.

Mir sind übrigens noch ein paar klitzekleine Fragen eingefallen, die ich gerne besprechen würde.

1) Es wäre wegen der Anneliese Kitzmüller, eurer dritten Nationalratspräsidentin. Da steht jetzt in allen Zeitungen, dass das Foto, auf dem ihre Doppelgängerin mit dem Gottfried Küssel zu sehen ist, aus rechtlichen Gründen nicht mehr gezeigt werden darf.
Das verstehe ich nicht. Müsste sie nicht eigentlich sogar darauf bestehen, dass das Foto überall gezeigt wird? Damit sich jeder selbst davon überzeugen kann, dass es wirklich ihre Doppelgängerin war?

2) Stimmt es wirklich, dass die von der SPÖ dem Bumsti sogar das Klopapier vor der Nase weggeräumt haben? *oe24.at* berichtet darüber mit der Überschrift *"FPÖ ortet SPÖ-Intrige im Vizekanzleramt"*.

Ich hatte das gelesen, mit Entsetzen und Schrecken, kam aber noch nicht dazu, es anzusprechen. Kann es sein, dass dieses *"menschlich letztklassige"* Verhalten gar dazu beigetragen hat, die Überwachungsmaßnahmen in Österreich massiv auszubauen? Um weiteren Klopapierattacken vorzubeugen? Habt ihr denn mittlerweile genug Klopapier? Sonst würde ich zu einer Sammelaktion aufrufen.

3) Gestern habe ich mir doch das Wahlprogramm der FPÖ im Internet angeschaut. Du erinnerst dich vielleicht.

Du, ich habe da was total Lustiges gefunden, unter dem Titel *"FPÖ-Kickl: FPÖ ist einzige Volkspartei Österreichs"*. Auf eurer Webseite *fpoe.at* ist das zu finden und stammt vom 27. Mai 2017. Das passt auch noch zu *"Den Menschen im Wort"*.

Sind also erst ungefähr ein halbes Jahr alt, deine Aussagen. Da steht, du hättest folgendes scharfsinnig gemutmaßt:

"Die Hartz IV-Ideen der ÖVP lassen befürchten, dass die türkise Buberl- und Mäderlpartie um Sebastian Kurz ihre weltfremde Elitenpolitik in die Tat umsetzen wird."

Nicht nur das. Du hast auch gleich den Aufschrei der SPÖ im Sinne der Sippenhaftung als scheinheilig erkannt, weil HartzIV doch *"die Grundidee aus der deutschen Sozialdemokratie"* war. *"Österreicher dürfen nicht bestraft werden"* hast du da auch noch gesagt.

Irgendwie irritiert mich das. Also nicht die Aussagen an sich. Ich finde es schon gut, dass du Hartz IV nicht willst – oder zumindest nicht wolltest.

Was ist denn nun damit? Konntet ihr euch gegenüber der *"türkisen Buberl- und Mäderlpartie"* nicht durchsetzen? Oder wolltet ihr das gar nicht? Oder haben wir Menschen da draußen nicht begriffen, dass *"Arbeitslosengeld Neu"* eh was ganz anderes ist als Hartz IV?

Liebe Grüße,
Cousine Daniela

~ ~ ~

9. Jänner 2018, Brieferl No.12 – Neue Generalsekretäre und die Deregulierungsoffensive

Lieber Cousin Herbert,

die gestrige Solidarität und Anteilnahme meiner Leser bezüglich der Klopapierattacke der SPÖ gegen die FPÖ hat mich begeistert. Man will mir schon mal die eine oder andere Rolle zukommen lassen. Ich werde die einstweilen für euch verwahren. Ist das eh recht, oder?

Gestern hat mir der Basti ja noch so richtig leidgetan. Ich habe nämlich zwei Sachen gelesen, die mir regelrecht zu Herzen gegangen sind. Erstens haben die von der EU gesagt, dass das mit dem Gesetz zur Indexierung der Kinderbeihilfe doch nicht so funktioniert, wie er sich das vorgestellt hatte.

Jetzt verstehe ich auch, warum ihr die EU nicht so mögt. Immer diese unqualifizierten Einmischungen.

Und der wahrscheinlich noch härtere Schlag muss ja gewesen sein, dass ihn der Viktor Orban, bei dem er sich so gerne einschleimt, auch noch gerügt hat. Der gute Viktor soll nämlich gemutmaßt haben, dass der Basti in kleinen Teilregelungen *"auf hinterlistige Art und Weise"* Schritt für Schritt die EU-Verträge ändern will. So steht es auf *news.at* unter dem Titel *"Familienbeihilfen-Kürzung 'Nicht zulässig'"* geschrieben. Das ist nicht nett, dem Basti Hinterlist zu unterstellen. Es scheint fast, als würde nix werden aus der dicken Freundschaft. Das tut mir sehr leid für den Basti. Bitte richte ihm das aus.

Apropos Gesetze – da habe ich noch eine Frage bitte. Ich bin mir dann nämlich nicht ganz sicher, ob ich das Ganze so richtig verstanden habe.

Ich muss an dieser Stelle chronologisch vorgehen.

Also zuerst haben der Basti und der Bumsti einen Rüffel vom ehemaligen Bundespräsidenten bekommen. Diese renitenten Pensionisten auch immer. Na ja, was soll man machen, wenn die partout nicht in die Karibik ziehen wollen. Jedenfalls hatte unser ehemaliger, hochgeschätzter Bundesheinzi bekrittelt, dass es jetzt plötzlich Generalsekretäre mit Weisungsrecht in den Ministerien gibt. Ohne Ausschreibung, nur auf Zuruf. Das habe ich auf *kurier.at* unter dem Titel *"Heinz Fischer übt Kritik an Bundesregierung"* gelesen.

Gut, also haben Basti und Bumsti ihre Leute strategisch gut untergebracht.

Als nächstes habe ich über die *"Deregulierungsoffensive"* gelesen. Diese schönen Worte die da immer gefunden werden, das beeindruckt mich jedes Mal aufs Neue. Das klingt immer alles so unglaublich dynamisch, positiv und zukunftsorientiert.

Jedenfalls stand da folgendes zu lesen:

1) Die Aufhebung ALLER vor dem 1. Jänner 2000 kundgemachten Gesetze und Verordnungen des Bundes noch in der ersten Jahreshälfte.

2) Davon ausnehmen will ÖVP-Justizminister Josef Moser freilich solche Rechtsvorschriften, die mindestens ein Ministerium als weiterhin nötig erachtet. Alles auf *orf.at* unter der Überschrift *"Totholz im Gesetzesdschungel"* nachzulesen.

Jetzt meine Frage dazu: sind das diese neuen, oben erwähnten Generalsekretäre mit Weisungsrecht, die dann über die Notwendigkeit einer solchen Rechtsvorschrift entscheiden? Könnten die dann beispielsweise einen Mitarbeiter, der ein Gesetz als gut erachtet und behalten möchte, eine gegenteilige Anweisung geben? Und ihn dazu verpflichten zu sagen, dass diese oder jene Rechtsvorschrift eh nur Klumpert ist?

Ich frage deshalb, weil es doch viele Gesetze gibt, die vor 2000 kundgemacht wurden. Ich denke da an die Familienrechtsreform 1975, in der steht, dass Frauen den Männern rechtlich gleichgestellt sind. Die Fristenlösung, ebenfalls aus 1975. Oder die Abschaffung der *"väterlichen Gewalt"* aus dem Jahr 1978. Was ist mit dem Konsumentenschutzgesetz aus 1979? Oder dem Mietrechtsgesetz aus 1982?

Sollen die wirklich alle gestrichen werden? Mit Hilfe der weisungsbefugten Generalsekretäre? Das würde ich wirklich gerne wissen. Weil nicht, dass ich mir immer umsonst Gedanken oder gar Sorgen mache.

Ich könnte hier freilich noch viele andere Gesetze aufzählen, aber das würde den Rahmen sprengen. Nicht, dass die Server von Facebook noch die Patschen strecken. Das würden mir deine mehr als 10.000 Fans sicher niemals verzeihen.

Liebe Grüße,
Cousine Daniela

~ ~ ~

10. Jänner 2018, Brieferl No.13 – Drei Fliegen mit einer Klappe

Lieber Cousin Herbert,

manchmal habe ich so das Gefühl, dass unser Bubenkanzler Basti ein Vorbild hat. Was Anstand, Intellekt, Weitsicht und Klasse, man möchte fast Genie sagen, betrifft. Ja genau, du ahnst es schon. Jedenfalls hat mich einer eurer Untertanen darüber informiert, dass es jetzt schon Klopapier gibt, mit Donalds Konterfei. Gleichsam als Hommage an den großartigen Herrscher. Du brauchst nur auf *amazon.de* den Suchbegriff *"Donald Trump Toilettenpapier"* einzugeben und schon wird dir eine hübsche Auswahl präsentiert.

Nun ist es mir noch nicht gelungen, die Sache mit der Klopapierattacke gedanklich völlig ad acta zu legen, war diese doch menschlich zu letztklassig. Und so habe ich mir gedacht, dass nicht nur der ums Klopapier gebrachte Bumsti, sondern auch der Basti vielleicht Freude hätte, wenn es ein Klopapier mit ihren Konterfeis gäbe. Sollte natürlich mit beiden gemeinsam sein, denn sie harmonieren ja so gut.

Ich konnte über Google kein passendes Angebot finden und noch weniger habe ich großartige Kontakte zur Wirtschaft. Und da habe ich mir gedacht, dass du, wenn es dir deine Zeit erlaubt, vielleicht auch mal recherchieren könntest. Das wäre so nett. Die beiden würden sich sicherlich freuen.

Übrigens ist mir zum Thema *"Deregulierung"* eine, wie ich glaube, ursuper Idee gekommen. Eine einzige Klappe, mit der sich gleich drei Fliegen erschlagen lassen.

<u>Die Klappe:</u> Deregulierung der Donau!

<u>Fliege Nummer Eins:</u>

Die Deregulierung nimmt konkrete, körperliche Gestalt an. Ich finde, dass so abstrakte Gesetze viel zu wenig sind. Damit kann das gemeine Volk ja nicht viel anfangen. Aber die Donau, die macht was her. Die kennt jeder.

Und außerdem sind die Resultate dieselben. Ob Deregulierung der Gesetze, ob Deregulierung der Donau - hin und wieder gibt's ein bissi Chaos. Umso wichtiger wird es sein, das gemeine Wahlvolk von den Gesetzen ab- und zur Donau hinzulenken. Da haben sie dann eh genug zu tun mit den Aufräumarbeiten wegen der Überflutungen und so. Und reden nimmer blöd drein bei juristischen Angelegenheiten, die sie eh nicht verstehen.

<u>Fliege Nummer Zwei:</u>

Du musst keine Pferde mehr hinschicken, weil natürlich im Zuge der Deregulierung der Donau auch gleich die Donauinsel mit abgerissen wird. In Eurem Parteiprogramm habt ihr doch geschrieben, wie wichtig euch die Tiere sind. *"Gerade Kinder und Jugendliche müssen früh erfahren, dass Tiere keine 'Wegwerfartikel', sondern Lebewesen sind"* steht da geschrieben. Oder auch *"Definition des Tieres in der Rechtsordnung als Lebewesen und nicht als Sache"*.

Nun weiß ja faktisch eh jeder, der sich ein bisschen mit Tieren auskennt, dass das Leben für Pferde im Dienste der Polizei mehr von Tierquälerei als Respekt vor dem Lebewesen zeugt. Wenn die Donauinsel abgerissen ist, brauchst du die berittene Polizei nimmer. Und wenn irgendwann hoffentlich doch wieder einmal gewählt wird, dann erzählst du den vielen Tierliebhabern in Österreich, dass die Idee mit der berittenen Polizei ursprünglich vom bösen Basti stammt.

Und dass du, als tierliebender, weitsichtiger Innenminister natürlich nicht mitgemacht hast. Ich bin überzeugt, das wird viele Stimmen bringen! Tiere gehen immer gut. Und Kinder auch. Die habt ihr ja eh schon einmal gemeinsam erwähnt im letzten Wahlprogramm.

<u>Fliege Nummer Drei (das i-Tüpfelchen aller Fliegen, die Fliege deLuxe):</u>

Die Roten können endlich nimmer das Donauinselfest veranstalten! Wahrscheinlich waren eh immer viel zu viele Arbeitslose und sonstige Sozialschmarotzer dort. Weil das doch gratis ist!

Vielleicht war auch schon mal der eine oder andere Ausländer dort, um sich an österreichischem wie internationalem Kulturgut zu erquicken. Dem ist dann ein für alle Male ein Ende gesetzt!

Stell dir nur vor, ich war auch schon oft dort. Und was aus mir geworden ist, das siehst du ja.

Liebe Grüße,
Cousine Daniela

~ ~ ~

11. Jänner 2018, Brieferl an alle zum "Neujahrsempfang"

Liebe alle Menschen da draußen,

Cousin Herbert muss heute leider auf sein Brieferl verzichten. Ich hoffe, er ist mir nicht böse. Er hat aber eh gestern zwei Brieferln bekommen – eines hier und eines auf der Seite für die Demo am Samstag.

Dennoch muss ich förmlich, bevor ich das Wort an euch richte, ganz kurz was nachfragen.

Sag mal, lieber Cousin Herbert, gab's bei euch in Kärnten am Gymnasium keinen Geschichtsunterricht? Oder haben die dort was ausgelassen? Oder hast du vielleicht nicht ordentlich aufgepasst?

Es wäre nur, weil du folgendes gesagt hast:

"... diejenigen, die in ein Asylverfahren eintreten, auch entsprechend konzentriert an einem Ort zu halten ...".

Das habe ich auf *nachrichten.at* unter dem Titel *"Kickl will Flüchtlinge 'konzentriert' an einem Ort halten"* gelesen.

Weil ich ja immer gerne hilfreich zur Seite stehe, frische ich an dieser Stelle dein Gedächtnis ein bisschen auf. Da gab's früher einmal eine Zeit, die war ziemlich grauslich. Ist nicht so lange her, etwa 80 Jahre. Stell dir nur vor, da hatten sie schon einmal Menschen in Lagern konzentriert. Und nicht nur das, da wurden auch viele Menschen ermordet. Nicht, weil sie straffällig geworden waren, sondern weil sie irgendwie der damaligen Regierung nicht zugesagt haben.

Das mit dem *"konzentriert an einem Ort halten"* kommt also irgendwie nicht so gut.

Der geneigte Leser könnte sonst annehmen, dass du entweder

    1) ein historisches Nackerbatzerl bist oder
    2) dich vielleicht gedanklich wirklich dieser grauslichen Zeit zugehörig fühlst oder
    3) nur von Hartz IV, Gesetze abschaffen etc. ablenken willst

Das war mein cousinialer Hinweis zum Tag.

Und nun zu euch, liebe alle Menschen da draußen.

Es ist mir leider diesmal nicht möglich, mit all jenen mitzumarschieren, die von der aktuellen Regierung auch nicht so wahnsinnig begeistert sind. Oder, um es auf den Punkt zu bringen: die dem Sozialabbau, dem Rechtsruck, dem Aufhussen und Auseinanderdividieren nicht tatenlos zusehen werden.

Wir müssen ja leider davon ausgehen, dass Basti und Bumsti unbeeindruckt weiter ihrem Programm folgen werden. Und dass es deshalb noch viele solcher Demonstrationen geben wird. Geben wird müssen. Getreu dem Motto *"aufgeschoben ist ja nicht aufgehoben"* werde ich sicherlich den einen oder die andere auch bald persönlich kennenlernen dürfen.

Lasst mich hier ganz kurz meine Gedanken zu der Demo zusammenfassen.

Ich finde es grauslich, dass diese Demo überhaupt sein muss. Mir graust auch schon jeden Tag davor, in die Zeitungen zu schauen. Es scheint mir, dass eine Hiobsbotschaft die andere jagt. Und wenn ich das dann alles so lese, dann zweifle ich manchmal daran, ob ich überhaupt noch irgendwas Humoriges dazu schreiben kann.

Als umso wichtiger empfinde ich es, dass Grauslichkeiten nicht mit Grauslichkeiten beantwortet werden. Ich möchte nämlich NICHT mit denen auf eine Stufe gestellt werden. Und ihr lieben Menschen da draußen sicherlich auch nicht.

Gestern habe ich dazu auf *kurier.at* den Artikel *"Linke Regierungsgegner demonstrieren am Samstag in Wien"* gelesen.

Als Erstes ist mir die Schlagzeile ins Auge gestochen.Ich finde das so blöd, das mit den *"linken"* Regierungsgegnern. Pardon lieber Kurier, sonst mag ich dich ja wirklich gerne.

Ist jemand, der gerne in einem sicheren sozialen Umfeld lebt, deshalb *"links"*?

Ist jeder, der nicht für alles Ungemach die Ausländer verantwortlich macht, *"links"*?

Ist im Gegensatz dazu jeder, der kritisch die muslimisch-traditionellen Bekleidungsvorschriften für Frauen hinterfragt, deshalb gleich *"rechts"*?

Diese Schlagzeile erzeugt also gleich einmal ein Bild in den Köpfen, das so wohl nicht richtig ist. Alleine durch das Wort *"links"*. Hätte die Schlagzeile beispielsweise *"Couragierte Zivilgesellschaft demonstriert am Samstag gegen die Regierung"* gelautet, das wäre gleich ein ganz anderes Flair. Lieber Kurier, du darfst diesen Vorschlag in Zukunft gerne verwenden. Gebührenfrei.

Jedenfalls war da auch Folgendes zu lesen: *"Sicherheitsexperten bereitet vor allem der Umstand Sorge, dass auch unter linksextremen autonomen Gruppen in Deutschland für die Demonstration in Wien mobilisiert wird. [...] Sollten sich gewaltbereite Radikale unter die Demonstranten mischen, könnte es neben den erwartbaren Verkehrs-behinderungen auch zu Ausschreitungen und Sachbeschädigungen kommen."*.

Ich habe das noch nie verstanden. Warum benehmen sich manche Leute so dermaßen daneben, wenn ihnen doch eigentlich sonnenklar sein müsste, dass sie dann der eigentlichen Sache keinen guten Dienst erweisen?

Wer sich gerne daneben benehmen will und Ausschreitungen und Sachbeschädigungen im Auge hat, dem kann ich nur ein herzliches *"Bitte bleibt's daham"* (Anm.: bitte bleibt zu Hause; für die Deutschen) mit auf den Nachhauseweg geben.

Ihr lieben Polizisten unter den Lesern hier: Jeder halbwegs vernunftbegabte Mensch weiß, wie schwer eure Aufgabe ist. Dass jeder von euch unter Umständen sein Leben riskiert, um eines der unseren zu schützen. Darf ich euch um etwas bitten?

Passt bitte auf die vielen Menschen gut auf, die friedlich marschieren werden. Sie können nix dafür, wenn sich doch ein paar Dolme daneben benehmen sollten.

In diesem Sinne wünsche ich Euch allen eine friedliche und möglichst angenehme Demonstration. Und denkt immer daran: wir sind die Mehrheit, die diese Regierung NICHT gewählt hat.

Wir sehen uns ....

~ ~ ~

10. Jänner 2018, Brieferl No.14 – Es wäre wegen der Demo

Lieber Cousin Herbert,

du wirst es hoffentlich recht gemütlich haben in der Pyramide in Vösendorf. Am Samstag dann. Die Fans werden dir und deinen Kollegen sicherlich zujubeln. Und der glückliche Gewinner deines Gewinnspiels erst!

Hier wird gerade auch gejubelt. Auch wenn du das vielleicht nicht so nachvollziehen kannst. Ich weiß jetzt nicht, ob du dich an mein Brieferl erinnerst, in dem ich wiederum dich erinnert hatte. Ich hatte dich daran erinnert, dass wir mehr sind.

Wir – das sind jene, die diese türkis-blaue Allianz NICHT gewählt haben.

Wir – das sind jene, die ihre Augen offen halten und es NICHT dulden werden, dass der *"kleine Mann"* noch kleiner gemacht wird.

Wir – das sind jene, die aufstehen und marschieren gegen Ausgrenzung, Aufhussen und Auseinanderdividieren.

Deshalb wird hier und heute auch gejubelt. Und noch mehr am Samstag, 13. Jänner 2018.

Weil wieder einmal ein Gespenst herumgeht. Du bist ja glücklicherweise nicht von schreckhafter Natur. Ich kann dir auch versichern, dass du keine Angst zu haben brauchst.

Denn es ist das Gespenst der Einigkeit.

Das Gespenst der Menschenrechte.

Das Gespenst der Solidarität.

Liebe Grüße,
Cousine Daniela

~ ~ ~

10. Jänner 2018 – Rede zur Demo

Mein Dank geht an die großartige Elisabeth Langer für die Verlesung meiner Grußbotschaft. Das ist der Text dazu:

Lieber Cousin Herbert,
wir könnten dich um volle Konzentration auf diesen Text bitten.
 Aber das wäre uns zu billig. Und billig überlassen wir euch.

 Billige Arbeitslosenversicherung
 Billige Arbeitskräfte
 Alles verpackt in billigen Sprüchen

Zu deiner Erinnerung:
 Wir sind die vielen, die diese türkis-blaue Allianz NICHT gewählt haben.
 Wir sind die vielen, die ihre Augen offen halten und es NICHT dulden werden, dass der *"kleine Mann"* noch kleiner gemacht wird.
 Wir sind die vielen, die aufstehen gegen Ausgrenzung, soziale Kälte und Aufhussen.

Ihr macht alles billig, unsozial und schnell.
 Schnell deshalb, weil ihr hoffentlich wenig Zeit haben werdet.
 Schnell tausende Gesetze gekippt.
 Schnell im Sozialsystem herumgepfuscht.
 Schnell ein paar Asylantenlager errichtet.

Wir werden euch genau auf die Finger schauen!. Wir werden unser Land informieren, wenn wieder Husch und Pfusch regieren.

Ihr seid billig, habt kein Ideal – wir sind hier, mutig und sozial!

~ ~ ~

14. Jänner 2018, Brieferl No.15 – Die BBHF

Lieber Cousin Herbert,

du bist mir ja ein Schlawiner. Da mokieren sich Medien weltweit über deine unglücklichen Aussagen, obwohl die vermutlich nur auf Konzentrationsschwäche zurückzuführen sind. Aber was bist du in Wahrheit? Ein Philosoph, dem Humanismus ein großes Anliegen ist!

So habe das auf *kurier.at* unter dem Titel *"Hofer legt für 'Philosophen' Kickl 'Hand ins Feuer'"* gelesen.

Weißt du, was ich auch gemein finde? Dass die Basti & Bumsti-Fans meinen, dass ihr nix arbeitet. Also gar nix. Anders kann ich mir das ewige *"Lasst sie doch erst einmal arbeiten"*. nämlich nicht erklären. Den Sozialschmarotzern hält man ja auch vor, nix zu arbeiten. Seid ihr dann in den Augen Eurer Fans gar so etwas wie *"Ministerialschmarotzer"*?

Ich persönlich sehe das nicht so. Ihr leistet ganze Arbeit und das auf einem nie dagewesenen Niveau. Damit alle Menschen Eure Leistungen gut mitverfolgen können, präsentiere ich, *Trommelwirbel * bumm bumm bumm* * (inspiriert vom Trommelwirbel bei Bumstis Einzug zum Wahlkampf-Auftakt in Tirol) die BBHF. Du fragst dich jetzt sicher, was das ist, die BBHF?

BundesBürger Haben Freude? Na leider nein.
Blaue Burschen Handeln Famos? Leider auch nicht.
Banale Botschaften Hemmungslos Fördern? Na fast.
BBHF – das steht für BASTI & BUMSTIs HALL of FAME.

Ein Dokument eurer ruhmreichen Taten, die bereits passiert sind oder an denen gerade gearbeitet wird.

Liebe Grüße,
Cousine Daniela

~ ~ ~

BASTI & BUMSTIs HALL of FAME

Datum	Maßnahme	Auswirkung
12.01.2018	Datenschutzbeschränkungen [1]	Einschränkung von unnötigen Bürgerrechten
08.01.2018	Aufhebung aller Gesetze und Verordnungen von vor 1.1.2000 [1]	wir werden uns noch wundern
18.12.2017	Arbeitslosengeld Neu [1]	Hartz IV in anderem Gewand
18.12.2017	Neuerungen für Arbeitslose [1]	zB: zumutbarer Arbeitsweg 2,5 Stunden
18.12.2017	Neuerungen für Arbeitnehmer [1]	12-Stunden-Tag, weil work-life-balance braucht keiner
18.12.2017	Einführung von Studiengebühren [1]	weniger Bildung braucht das Land
18.12.2017	Eingriff in das Mietrechtsgesetz [1]	Vermieter werden endlich reicher
18.12.2017	Zentralisierte Lager für Asylwerber [1]	Kasernen, Industriegebiete oder ganz neue Lager?
31.01.2018	Letzter Tag für „Beschäftigungsbonus" [2]	weniger Beschäftigte
10.01.2018	„Familienbonus" wird beschlossen [2]	Arme kriegen nix oder wenig, Besserverdienende mehr
31.12.2017	Letzter Tag für „Aktion 20.000" [2]	weniger Beschäftigte
Jänner 2018	Generalsekretäre in den Ministerien [3]	Nicht ausgeschriebene, weisungsberechtigte Posten
01.12.2017	Aufhebung des Rauchverbots in der Gastronomie [2]	Maßnahme zur Entlastung der Pensionskassen

[1] angekündigt, [2] beschlossen, [3] durchgeführt

Herbert Kickl ist der GRÖPHAZ, der größte Philosoph aller Zeiten!

16. Jänner 2018, Brieferl No.16 – Das Putscherl

Lieber Cousin Herbert,

weißt du, was ich an den Wienern bzw. dem Wienerischen so besonders mag? Alles wird immer irgendwie verniedlicht.

Da nimmt man sich *"Ein Sackerl für's Gackerl"*, wenn der Hund am Klo war. Man wird vom *"Schlagerl"* niedergestreckt, nicht vom Schlaganfall. Und der *"Herzkasperl"* ist auch wesentlich harmloser als der Herzinfarkt. Ich finde das sehr sympathisch.

Stell dir nur vor, ich habe eine wesentliche Errungenschaft der Basti&Bumsti-Regierung übersehen!

Die Aufhebung des generellen Rauchverbots in der Gastronomie! Dieser sozialpolitisch so wichtige Schritt zur Entlastung des Pensionssystems wird umgehend von mir in der BBHF nachgetragen.

Apropos BBHF: Eine der ruhmreichen Ankündigungen scheint die meisten Rätsel aufzugeben. Es geht noch einmal um das *"außer Kraft setzen aller Gesetze und Verordnungen des Bundes, die vor dem 1.1.2000 beschlossen wurden"*.

Ich habe da einige Anfragen bekommen, ob denn das Verbotsgesetz auch betroffen sein wird. Die Leute sind ja so pingelig wegen dieser Kleinigkeit. Im ständigen Bemühen hilfreich zu sein, habe ich mir folgende Recherchen dazu angestellt.

1) Aktuell steht das Verbotsgesetz im Verfassungsrang.
2) Gesetze im Verfassungsrang können nur mit erhöhten Quoren im Parlament beschlossen werden.

Diese Quoren sind im Art. 44 Abs. 1 B-VG geregelt, der folgendes besagt: Anwesend muss mindestens die Hälfte der Mitglieder des Nationalrates sein, eine Mehrheit von zwei Dritteln der abgegebenen Stimmen beschließt das Gesetz..

Das finde ich ja interessant. Was wäre denn, wenn eine Epidemie bei der Opposition ausbräche? Könnte man dann das eine oder andere lästige Verfassungsgesetz besonders locker abschaffen?

Gesetze, die aktuell im Verfassungsrang stehen, können also nicht mit einem einfachen *"Wir schmeißen jetzt alle Gesetze weg"*-Gesetz platt gemacht werden.

Aber ich sehe eine andere mögliche Vorgehensweise. Man könnte doch ganz einfach sagen, dass man die aktuelle Verfassung insgesamt so nimmer mag.

Das gab es sogar auch in Österreich schon.

1918, 1934 und 1945.

Manch einer würde eine solche Vorgehensweise vielleicht als Staatsstreich oder gar Putsch bezeichnen. Das wäre aber nicht so schlimm. Denn in Wien wäre das dann ein sympathisches *"Putscherl"*.

Liebe Grüße,
Cousine Daniela

~ ~ ~

17. Jänner 2018, Brieferl No.17 -Herbert, du bist jetzt Minister!

Lieber Cousin Herbert,

wir müssen unbedingt über deine Facebookseite sprechen bitte.

Du kannst dich vielleicht erinnern, dass du am 18. Dezember 2017 zum Innenminister bestellt wurdest, oder? Ist ja nicht gar so lange her. Als solcher bist du ja auch oberster Chef der Polizei. Das wissen alle, spätestens seit deiner Teilnahme am Polizeiball.

Ich finde das total mutig, dass du trotz zwei linker Füße teilgenommen hast. Ja, Tanzen ist nicht so einfach. Aus meiner persönlichen Erfahrung kann ich berichten, dass sich ein flotter Rechtswalzer schnell erlernen lässt. Nicht umsonst ist er einer der ersten Tänze, die unterrichtet werden. Weil er eben recht simpel ist. Der Linkswalzer ist wesentlich anspruchsvoller.

Zurück zu deiner Facebookseite, die doch eher politischer Natur ist. Du präsentierst dich als Minister und nicht als Herbi K., der Kumpel von nebenan.

Nun bin ich ein wenig irritiert, dass du als Innenminister über Angelegenheiten der dir unterstehenden Polizei berichtest, indem du den Artikel *"Protest-Hochburg Wien: 380 Demos pro Woche!"* von der *krone.at* als Quelle auf Facebook teilst.

Könntest du nicht einfach bei der Polizei selbst nachfragen? Haben sie denn dort keine Auswertungen und die Kronenzeitung hat alles erfunden?

Oder ist die Kronenzeitung neuerdings quasi Regierungszeitung? Das wäre schon möglich.
Ich meine, ihr habt ja einen Regierungssprecher, da wäre eine Regierungzeitung auch nicht schlecht. Alleine der Regierung und der Wahrheit verpflichtet.
Eine Basti & Bumsti-Prawda quasi.

Am Nachmittag hatte ich gelesen, dass Polizisten künftig unprotokolliert Daten abfragen dürfen. Laut deiner Aussage. Am Abend waren die von mir verlinkten Artikel nur noch in abgeänderter Form zu finden. Es stand geschrieben, dass das Innenministerium eine andere Auskunft gegeben hat. Nämlich dass nur die Aufbewahrungsfrist solcher Protokolle von 3 auf 2 Jahre heruntergesetzt werden soll. Um zu sparen …

Es gibt ja überhaupt Kollegen in deiner Partei, bei denen man Verständnis für Demokratie und Menschenrechte nicht einmal beim zweiten Blick feststellen kann.

Damit meine ich deinen Parteifreund Mario Spreitzhofer, der sich selbst übrigens laut Facebookprofil für einen *"Politiker mit Herz und Verstand"* hält. Er hatte am 13. Jänner folgendes geschrieben: *"Heutige Demonstration gegen die aktuelle Bundesregierung! Was ist nur los mit diesen linken Idioten???"*

Warum nennt er Demonstranten *"linke Idioten"*?
Warum sagt er *"Sonst nichts in der Birne diese Chaoten, aber ständig mit der schwachsinnigen 'Nazikeule' schwingen! Ein demokratisches Wahlergebnis haben auch diese realitätsfremden Kasperln zum akzeptieren!"*?

Und meine letzte Frage für heute: ist das der gleiche Mario Spreitzhofer, der wegen illegaler Datenabfragen im Jahr 2012 rechtskräftig verurteilt wurde? *orf.at* hatte da unter dem Titel *"Illegale EKIS-Abfragen: Politiker verurteilt"* berichtet.

Liebe Grüße,
Cousine Daniela

~ ~ ~

18. Jänner 2018, Brieferl No.18 – Herbert, du bist jetzt Minister!

Lieber Cousin Herbert,

stell dir nur vor, was passiert ist.

1) Der großartige Michael Dufek hat eine spezielle Briefmarke entworfen, damit alle Brieferln auch standesgemäß ankommen. Du hast jetzt deine eigene Briefmarke! Tolle Nachricht, nicht wahr? Wenn du dich bei Michael Dufek bedanken möchtest, du findest ihn unter *dufitoon.at*.

2) Ich hatte Dir doch gestern über die Facebookseite von Mario Spreitzhofer erzählt. Du erinnerst dich vielleicht. Und weißt du was? Der Link ist heute weg! Mysteriös irgendwie .... Macht aber nichts, es gibt einen neuen Link mit einem Bild. Auf dem ist übrigens ein Transparent mit *"Heast, Kickl, wüst an Wickl?"* zu sehen.

Er war so freundlich und hat auch selbst einen Kommentar dazugeschrieben. Besonders gefällt mir die Passage *"Wir haben zum Glück eine noch relativ freie Meinungsfreiheit"*. Da kann ich nur sagen – Hut ab für die brillante Analyse.

Weiters schreibt er: *"Auch behalte ich mir ab sofort rechtliche Schritte gegenüber jenen vor, welche meine Person ständig öffentlich in Mißkredit bringen."*

Glaubst du, dass er mich gemeint hat? Weil ich seinen Link geteilt habe? Weil ich dich gefragt habe, ob er derjenige ist, der 2012 rechtskräftig verurteilt wurde?

Liebe Grüße,
Cousine Daniela

~ ~ ~

20. Jänner 2018, Brieferl No.19 – Die Wahl in Niederösterreich

Lieber Cousin Herbert,

immer wieder bewundere ich, mit welcher Konsequenz ihr gegen Unrecht vorgeht. Entschuldigungen und Verjährung, Erklärungen und Dazulernen haben für euch konsequent keine Bedeutung!

Da ist doch gestern die großartige Ute Bock verstorben. Du kennst sie sicher. Sie hatte sich für Asylwerber und Flüchtlinge eingesetzt. Die FPÖ war ja stets wenig begeistert von ihrem Engagement. Sie hatte 2012 erzählt, wie schrecklich die Zeit als Erzieherin war, damals in den 1960er Jahren, weil sie dort auch hin und wieder Watschen austeilen musste. Weil das damals so üblich war. Ich fand das ja großartig. Also nicht das mit den Watschen, sondern dass sie dazu gestanden ist, sich kritisch betrachtet und vor allem dazugelernt hat. Ich finde Dazulernen immer wichtig.

Da fällt mir gerade ein: glaubst du, hat der Mario Spreitzhofer auch dazugelernt? Da war ich doch extra so freundlich und habe den neuen Link von ihm geteilt – und jetzt ist der auch weg. Futsch. Sogar die ganze Facebookseite hat sich in Wohlgefallen aufgelöst. Was meinst du? Hat er auch dazugelernt? Hat ihn der Blitz der Erkenntnis getroffen?

Jedenfalls finde ich es sehr konsequent, dass ihr nicht in den Kondolenz-Chor mit eingestimmt und konsequent geschwiegen habt. Wegen der Watschen der Ute Bock, die 50 Jahre her sind!

Nun habe ich gelesen, dass irgendwelche Linken euren Spitzenkandidaten in Niederösterreich, den Udo Landbauer, vernadert haben. Schirch so etwas! Der soll ja einen rechtsextremen Verein unterstützt haben.

Genau so habe ich es nämlich auf *derstandard.at* mit der Schlagzeile *"FPÖ-Spitzenkandidat soll rechtsextremen Verein unterstützt haben"* gesehen.

Ich hatte ja mit einem Statement der FPÖ à la *"Wir bedauern diesen Einzelfall"* oder *"Das werden wir uns genauer anschauen müssen"* gerechnet. Weit gefehlt. Okay, dass ihr eine linke Verschwörung vermutet und so hofft, vom Thema ablenken zu können, das leuchtet ein.

Wirklich interessant finde ich die Aussage der FPÖ-NÖ *"das sei acht Jahre her"*. Ich verstehe. Die Niederösterreicher haben das noch nicht heraußen mit konsequent an Fehler erinnern. Ich finde, da sollte schleunigst nachgebessert werden!

Ich habe mal Udo Landbauers Facebookseite besucht. Seine letzte Äußerung betrifft die *"Eindrücke vom gestrigen Landhausball"* und war garniert mit einem blauen Herzerl. Sehr ansprechend, vor allem die hübschen Fotos. Richtig herzig.

Vielleicht hat er gar vom Mario Spreitzhofer gelernt ....?

Liebe Grüße,
Cousine Daniela

P.S.: Ich habe auf *derstandard.at* im Artikel *"Vassilakou will tschetschenischer Familie im Container helfen"* gelesen, dass selbige dringend auf deinen Rückruf wartet. Es wäre wegen der tschetschenischen Familie Tikaev mit den vier Kindern.

Ich glaube, es wäre nicht schlecht, wenn du sie anrufen würdest. Nicht dass die noch zu irgendwelchen Behörden rennt, die Vassilakou, weil Kinderrechte verletzt wurden. Man kennt diese Leute mit ihrer sozialen Ader, denen ist ja nichts heilig.

~ ~ ~

Brieferl No.20 – Alles nur Neidhammeln?

Lieber Cousin Herbert,

unfassbar, wie die Zeit vergeht. Wir haben heute schon wieder Jubiläum! Das hier ist das 20. (!) Brieferl! Dass du dich auch so nett an den Feierlichkeiten beteiligst, finde ich famos! Offenbar willst du diese tschetschenische Familie Tikaev und den österreichischen zweifachen Taekwondo-Staatsmeister Junadi Sugaipov noch heute ins Flugzeug setzen! Nicht auszudenken, welche Gefahren sich für die Österreicherinnen und Österreicher ergeben hätten, wenn du mit der Maria Vassilakou telefoniert hättest!

Ich habe mir mal die Seite des Außenministeriums angeschaut. Die Reisewarnungen sind immer sehr hilfreich. Bei der *"Russischen Föderation"* wurde ich in der Rubrik *"Sicherheit und Kriminalität"* fündig.

"Von nicht unbedingt notwendigen Reisen nach Dagestan, Tschetschenien, Inguschetien und Kabardino-Balkarien wird angesichts der dortigen prekären Sicherheitslage abgeraten."

Ich nehme an, dass das nur für österreichische Staatsbürger gilt, oder? Weil sonst wäre es ja irgendwie fast unnett, jemanden dorthin zu schicken.

Mir ist dazu übrigens noch eine Frage eingefallen: Sowohl die Familie Tikaev als auch der Staatsmeister Sugaipov haben doch Bleiberecht beantragt. Was passiert jetzt mit diesen Anträgen? Werden die einfach entsorgt? Und noch spannender ist die Frage: was passiert, wenn die Anträge von einem pflichtbewussten Beamten doch noch genehmigt werden? Würdest du die Abgeschobenen dann alle wieder zurückholen müssen?

Jetzt ist aber genug gefeiert. Es gibt noch andere Dinge zu bereden.

Der Basti, der war ja so super, als er in Deutschland war! Dass er gegen Hetze jedweder Art auftritt, ist bewundernswert. Vor allem die Hetze gegen die Reichen ist für ihn verachtenswert.

Ich persönlich glaube ja, dass dieses Hinterfragen des Reichtums nichts anderes ist als blanker Neid. Neid der Besitz-, Arbeits- und Würdelosen. Neid der Verdammten dieser Erde. Und die Verdammten sollen verdammt nochmal das ihnen zugewiesene Schicksal der Verdammnis endlich schweigend hinnehmen!

Apropos Neid: ich habe gelesen, was du, ganz Philosoph, der du bist, über diese penetranten 68er auf *derstandard.at* mit dem Titel *"Innenminister Herbert Kickl plant eigene Grenzschutzeinheit"* gesagt hast.

"Die 68er versuchten im Namen des Fortschritts zerstörerisch zu wirken. Wenn ich nur an das Aushöhlen der staatlichen Identität oder der Identität des Familienverbundes denke. Diese Regierung steht für einen offensiven Gegenentwurf. Die Thesen der 68er haben sich als falsch herausgestellt. Das Bedürfnis nach Orientierung, Geborgenheit und Heimat wird von uns wieder in ein positives Licht gerückt."

Mir persönlich haben neben *"Orientierung, Geborgenheit und Heimat"* ja noch *"Disziplin, Zucht und Ordnung"* gefehlt. Aber das kommt vielleicht noch.

Immer wenn ich 68er höre oder lese, muss ich an *"Hair"* denken. Du weißt, dieses Musical, in dem diese, die Identität des Familienverbundes zerstörenden Hippies der freien Liebe frönen, sich unanständig kleiden und dabei auch noch fröhlich singen. Du kennst das ganz bestimmt, vielleicht auch wegen der Polizeipferde im Central Park.

"And peace will guide the planets and love will steer the stars ... Harmony and understanding, sympathy and trust abounding ... Let the sunshine in ..."

Man könnte ja fast neidisch werden, weil die so glücklich wirken. So harmonisch. Die scheinen wirklich zu glauben, dass Frieden, Freiheit und Harmonie die Zukunft sein könnten! In Wahrheit sind sie wohl nur die orientierungslosen Vorfahren der heutigen Gutmenschen.

Jedoch lässt mich ein Gedanke nicht los, was den Neid betrifft.

Sind vielleicht all jene, die die 68er als zerstörerisch empfinden, in Wahrheit nur Neidhammeln? Weil sie selbst verklemmt sind, möchten sie geborgen in eine Orientierung geklemmt werden? Weil sie sich selbst nix trauen und noch weniger zutrauen? Das wäre aber schon irgendwie traurig, meinst du nicht auch?

Liebe Grüße,
Cousine Daniela

P.S.: Euer Kandidat in Niederösterreich, der Udo Landbauer, scheint mir auch einer zu sein, der es nicht so mit den 68ern hat. In den Liederbüchern der Burschenschaft, bei der er stellvertretender Vorsitzender ist, steht nämlich unter anderem *"Gebt Gas, ihr alten Germanen, wir schaffen die siebte Million"*. So schreibt es zumindest der *kurier.at* unter dem Titel *"Landbauer: Schwere Vorwürfe gegen FP-NÖ-Spitzenkandidaten"*.

Ich weiß, du bist kein Jurist. Ich auch nicht, aber ich habe zufälligerweise das Verbotsgesetz vor mir liegen. Das ist derzeit ja so noch gültig.
Da steht im §3h: *"... bestraft wird... wer in einem Druckwerk ... oder sonst öffentlich auf eine Weise ... den nationalsozialistischen Völkermord oder andere nationalsozialistische Verbrechen gegen die Menschlichkeit leugnet, gröblich verharmlost, gutheißt oder zu rechtfertigen sucht."*

Das könnte fast zutreffen, was meinst du dazu?

~ ~ ~

25. Jänner 2018, Brieferl No.21 - Das Bullshit Bingo

Lieber Cousin Herbert,

heute muss ich dir etwas aus der echten Berufswelt hier draußen erzählen. In so manchem langweiligen Meeting, an dem man als Mitglied der arbeitenden Klasse teilnehmen muss, kann man die Zeit besser überbrücken, indem man *"Bullshit Bingo"* spielt. Das funktioniert ähnlich wie das normale Bingo.

Immer, wenn ein bestimmtes Wort oder eine Phrase fällt, darf man das Kasterl, in dem sich selbige(s) befindet, auskreuzerln. Wer als Erstes eine Reihe oder eine Linie voll hat, ruft dann laut *"Bullshit"* und hat gewonnen.

Jetzt hatte ich mir gedacht, ich mache dir eine Freude und mache für dich eine Bullshit Bingo – Vorlage.

Für den nächsten Kollegen in eurer Partei, der wieder von irgendwelchen linkslinken Schmierblattln wegen Nähe zum Rechtsextremismus oder ähnlichem ins falsche Licht gerückt wird. Da kannst du dann, wenn dir fad ist, ausstreichen, was der betreffende Kandidat an Argumenten vorbringt.

Weißt du, was möglich wäre? Dass diese ganze Schmutzkübelkampagne gegen den Udo Landbauer in Wahrheit auf dem Mist vom Basti gewachsen ist. Das war nicht die Redakteurin vom Falter, die das Liederbücherl selbst gefunden hat, das wurde ihr zugespielt! Von einem, der vom Basti beauftragt wurde.

Du fragst dich jetzt sicher, warum er das tun sollte, oder? Ein Ablenkungsmanöver!

Die Zeitungen sind ja jetzt voll mit dieser Causa und die hervorragende Arbeit von Basti & Bumsti wird ziemlich vernachlässigt. So können sie in aller Ruhe weiterarbeiten und müssen sich nicht mit unqualifizierten Fragen herumschlagen.

Zum Beispiel wegen der Entrümpelung der unnötigen Gesetze von vor 1. Jänner 2000. Da haben die Ministerien jetzt bis 15. März Zeit, darzulegen, welche Gesetze vielleicht doch bleiben sollen. Und wenn der Josef Moser sagt *"Da geht nichts schief"*, dann wird das sicher so sein! So hat er zumindest im Interview mit *derstandard.at* in zugehörigen Artikel *"Justizminister Moser: 'Und dann ackern wir die Gesetze durch'"* gesagt.

Zum Glück liegt ja die letzte Entscheidung beim Parlament, damit nicht übereifrige Beamte zu viele Gesetze behalten wollen. Stell dir nur vor, ich habe auf *kontrast.at* den Artikel *"Warum das schwarz-blaue 'Arbeitslosengeld NEU' schlimmer wird als ‚Hartz IV'"* gefunden! Das ist so grauslich, was da steht!

Manche sehen gar einen *"Klassenkampf von oben!"* auf uns zukommen, wie es eine Schlagzeile auf *derstandard.at* beschreibt. Das steht ganz explizit geschrieben: *"Seit Jahrzehnten haben sich die Machtverhältnisse schrittweise in Richtung Arbeitgeber verschoben. Mit dem Amtsantritt der neuen Regierung ist es evident, dass sich das Kapital durchgesetzt hat und Arbeitnehmer nur noch Produktionsmittel sind."*

Aber das alles ist jetzt gerade nicht wichtig, weil unsere ganze Aufmerksamkeit doch dem Udo Landbauer gilt.

Liebe Grüße,
Cousine Daniela

~ ~ ~

BULLSHIT BINGO für zu Unrecht mit Rechtsextremismus in Verbindung gebrachte Politiker

Die rote Linie ist nicht überschritten!	Ich distanziere mich ausdrücklich von solchem Gedankengut!	Ich bin auf das Äußerste entsetzt und schockiert!	Ich bin Opfer einer linken Meinungsdiktatur!
Davon habe ich nichts gewusst!	Das ist eine Verschwörung der Linken!	Das ist eine Rufmord-Kampagne!	Ich fordere Aufklärung und deshalb trete ich auch nicht zurück!
Jetzt erst recht!	Da war ich noch soo jung und gar noch nicht dabei!	Da besteht keinerlei Zusammenhang!	Burschenschaften haben nichts mit uns zu tun!
Ich werde persönlich mit Nachdruck die Klärung dieser Angelegenheit vorantreiben!	Man versucht uns einen Skandal anzudichten!	Mieser und durchsichtiger geht es wohl kaum mehr!	Das war ein bedauernswerter Einzelfall!

26. Jänner 2018, Brieferl No.22 – Der Akademikerball

Lieber Cousin Herbert,

heute schreibe ich dir, um mein tiefstes Mitgefühl auszudrücken. Da warst du jahrelang gemütlich in der Opposition, konntest dir in aller Ruhe lustige Sprücherln ausdenken und überhaupt mehr oder weniger sagen und machen, was du wolltest.

Und was ist jetzt? Wegen jeder Kleinigkeit kriegst du eine auf den Deckel. Immer sind die Medien und die von den anderen Parteien so pingelig und wollen nicht verstehen, was du eigentlich meinst.

Du drückst dich aber wirklich manchmal ein bisschen hoppatatschig aus. Ich sage dir das in aller familiären Freundschaft, um dich vor weiteren Konzentrationsschwächen zu bewahren. Du musst dich immer daran erinnern – du bist jetzt Innenminister! Nix mehr gemütlich in der Opposition!

Ich habe da auch noch kurz eine Frage zu diesem Akademikerball bitte. Ich wollte mich gerne informieren, was das genau ist. Also habe ich den Wikipedia-Artikel dazu aufgerufen.

Ganz unten, unter *"Literatur"* ist der *"Verfassungsschutzbericht 2014. S. 58–62"* verlinkt. Habe ich mir gedacht, ich schaue mir den auch mal an.

Und was soll ich sagen? Der Link funktioniert nicht (mehr)!

Bist du bitte so nett und beauftragst einen deiner Beamten, sich das einmal anzuschauen? Weil immerhin ist das ja da dein Ministerium, das Innenministerium.

Ich habe freilich nicht aufgegeben und eben den gesamten Verfassungsbericht gesucht. Und bin auch fündig geworden. Der ist ja ziemlich interessant. Für 2017 scheint es noch keinen Bericht zu geben, jedoch für 2016.

Auf der Seite 12 dieses Berichts habe ich Folgendes gelesen:

"Zu den primären Feindbildern von in rechtsextremistischen Kreisen verbreiteten Überzeugungen und Weltbildern zählen u. a.:
- Juden und Muslime und deren Einrichtungen
- Der Islam als Religion und immer öfter Muslime an sich
- Der islamistischen Salafisten-Szene zugerechnete Personen
- Angehörige der Roma- und Sinti-Minderheit
- Asylwerber und Migranten
- Sonstige Personen, die als 'fremd' wahrgenommen werden
- Personen und Organisationen, die sich für Fremde in Österreich einsetzen
- Aktivisten des linken bis linksextremistischen Spektrums
- Israel, die EU und deren Politik
- Bestimmte politische Parteien und Akteure, deren politische Agenda als 'zu fremden- bzw. asylfreundlich' erachtet wird
- Das demokratische System an sich"

In eurem Wahlprogramm, das ich von der FPÖ Homepage heruntergeladen habe, steht geschrieben:

- "Der Islam ist kein Teil Österreichs"
- "Bis auf Weiteres lehnt die FPÖ aufgrund der Migrationswellen der jüngsten Vergangenheit jegliche Zuwanderung ab."
- "Das Ideal eines Europas der Vaterländer ist jedoch von den aktuellen Entwicklungen in der Europäischen Union zunehmend bedroht, zumal das Ziel der EU ein zentralistisch geführter Bürokratiemoloch ist."
- "Unfair ist, dass eine regelrechte 'Asylindustrie' aus steuergeldfinanzierten NGOs aus der Massenzuwanderung ein Riesengeschäft auf Kosten der Österreicher macht."

Außerdem habt ihr im Jahr 2012 einen lustigen Comic veröffentlicht. Das hat mir *diepresse.com* unter dem Titel *"Neuer FPÖ-Comic: 'Kein Bock auf Ute Bock'"* verraten.

Glaubst du, sind diese Schnittmengen Zufall? Also die zwischen den Gedanken der FPÖ und den Feindbildern der rechtsextremistischen Kreise? Oder ist da irgendwo ein Mißverständnis?

In diesem Verfassungsbericht steht auch, dass es bei dir im Ministerium eine Meldestelle gibt. *"Sie ist die geeignete und intensiv nachgefragte Ansprechstelle, wenn Bürger auf einer Webseite oder in Social-Media-Beiträgen Kommentare mit neonazistischen, rassistischen, islamfeindlichen und antisemitischen Inhalten finden."*

Falls du mal eine E-Mail senden möchtest, bitte hier hin: *stopextremists@bmi.gv.at*

Glaubst du, kann man da auch allgemein-rechtsextreme Angelegenheiten melden?

Ich bin ja nur froh, dass du der Chef im Ministerium bist. Nicht auszudenken, wenn jemand die FPÖ dort melden würde. Könntest du deinen Beamten dann theoretisch sagen, sie sollen das nicht behandeln? Ich mag mir nicht noch mehr Sorgen um dich machen müssen.

Liebe Grüße,
Cousine Daniela

P.S.: Ich sende die besten Wünsche für die Wahl am Sonntag. Mögen sich die gemeinen, durchschaubaren und unmusikalischen Kommentare der linken Schmierblätter in Grenzen halten.

~ ~ ~

30. Jänner 2018, Brieferl No.23 – Landbauer und der RFJ

Lieber Cousin Herbert,

das war ein richtig spannendes Wochenende. Die Wahl selbst war gar nicht so wahnsinnig aufregend, fand ich jedenfalls. Persönlich habe ich ja, gespannt wie ein Pfitschipfeil, darauf gewartet, ob der Udo Landbauer den Anstand und die Größe besitzt, von sich aus zurückzutreten. War aber ein klarer Satz mit x – also *"nix"*.

Auch sehr interessant fand ich wieder einmal den Ring Freiheitlicher Jugendlicher aus der Steiermark. Die kenne ich, die schreiben oft sympathische und eloquente Kommentare zu meinen Brieferln an dich. Und natürlich haben sie sich zur Meinungsfreiheit in besonderer Art und Weise bekannt, als sie über Colette Schmidt geschrieben hatten, was sie mittlerweile aber wieder gelöscht haben.

Diese Colette, die sollte lieber Stricken lernen und nicht da einen auf Feminismus machen und mitreden wollen. Zeiten sind das heutzutage, unglaublich. So meint es zumindest dieser Edwin Hintsteiner, der Salzburger Identitären-Chef. Der soll ja auch einmal beim Ring Freiheitlicher Jugend gewesen sein. Ich habe da einen Artikel auf *diepresse.com* mit dem Titel *"Kritik an 'abscheulicher Wortwahl' gegen 'Omas gegen Rechts'"* gelesen.

Hat er eigentlich diesen Beitrag schon wieder gelöscht, in dem er gemeint hatte *"Wenn man länger lebt, als man nützlich ist und vor lauter Feminismus nie Stricken lernte. Meine Oma schämt sich für euch"*?

Findest du das nicht auch irgendwie seltsam, dass so häufig Sachen geschrieben und dann wieder gelöscht werden? Was glaubst du, warum das so ist? Eine plötzliche Erkenntnis? Diffuses Unwohlsein? Angst vor der *"linksorientierten Justiz"*?

Jedenfalls habe ich mir gedacht, ich schau mir mal an, was die sich beim RFJ Steiermark denn so denken, wofür sie eigentlich stehen. Ich habe schon mal gelernt, dass es in Österreich eine *"linksorientierte Justiz"* gibt. Sehr spannend! Wusste ich bisher gar nicht!

Ich muss gestehen, dass ich beim Durchlesen vor lauter Lachen fast zusammengebrochen bin. Als ich in deren Grundsatzprogramm folgendes gelesen habe: *"Ein wesentliches Merkmal unseres Kulturkreises ist die deutsche Sprache, welche seit Jahrtausenden unser Denken und Schaffen prägt."*

Ich lasse diesen Satz jetzt einfach so stehen – und wirken. Sollte sich jemand näher mit der Geschichte der deutschen Sprache auseinandersetzen wollen, es gibt einen wunderbaren Wikipedia-Artikel dazu mit dem Titel *"Deutsche Sprachgeschichte"*.

Apropos Wikipedia-Artikel: der Link zum Innenministerium beim Akademikerball-Artikel ist noch immer nicht repariert!

Zum Thema *"Endlich Studieren"* schreibt der RFJ:

"Keine finanzielle Schlechterstellung von Nicht-Studierenden als Beitrag zur sozialen Gerechtigkeit"

Ich muss gestehen, dass ich das nicht verstehe. Ich habe es versucht, wirklich und wahrhaftig, aber es gelingt mir nicht.

Na ja, was soll's. Ich kann auch nicht alles verstehen.

Ich finde ja überhaupt, dass das mit der Meinungsfreiheit viel zu weit geht. Dein armer Chef, der ehrenwerte Zahntechniker. Weißt du, dass sie ihn oft nicht *"Vizekanzler"* sondern *"Witzekanzler"* nennen?

Dieser Jan Böhmermann, der aus Deutschland (!), macht sich ja auch gemein über diesen imposanten Trommelauftritt von deinem Chef lustig.

Ich bin ja schon ganz pfitschipfeil-mäßig gespannt, wie das mit dem Entrümpeln der Gesetze vonstatten gehen wird. Da habe ich jetzt gelesen, dass eine katholische Abtreibungsgegnerin zur Sprecherin für Menschenrechte für Bastis Partie ernannt wurde. Diese Frau Kugler soll sogar ein großer Fan von der Kim Davis sein, dieser überzeugten Christin und Vorbild aller aufrechten Katholiken. Als solche hatte diese sich geweigert, gleichgeschlechtliche Ehen in ihrer Funktion als Standbeamtin zu unterschreiben. Und weil ich Gossip so mag, muss ich sagen: was diese Kim Davis privat so alles treibt, alle Achtung.

Sie scheint es mit den christlichen Werten doch nicht ganz so genau zu nehmen. Na ja, Hauptsache den anderen in die Suppe spucken.

Aber die Gudrun Kugler hat das schon richtig erkannt, wenn sie meint, die arme Kim sei *"ein Paradebeispiel für die moderne Christenverfolgung"*. So habe ich aus dem Artikel *"'Christliche Aktivistin' in Wiener ÖVP sorgt für Aufregung"* auf *derstandard.at*

Ob die Gudrun Kugler wohl auch mitsprechen wird, wenn es beispielsweise um den §97 StGB geht? Nach diesem ist Schwangerschaftsabbruch, der nach §96 StGB eigentlich strafbar wäre, dann eben doch straffrei, wenn er z.B. innerhalb der ersten drei Monate nach Beginn der Schwangerschaft durchgeführt wird – also derzeit noch.

Wir werden es erleben...

Liebe Grüße,
Cousine Daniela

~ ~ ~

3. Februar 2018, Brieferl No.24 - Das soziale Stockholmsyndrom

Lieber Cousin Herbert,

seit Tagen warte ich darauf, die BBHF (Basti & Bumstis Hall of Fame) auf den neuesten Stand bringen zu können, aber es tut sich einfach nix.

Ich war schon voller Hoffnung, als ich das Gezwitscher vom Basti (auf Twitter) gelesen habe. *"Gestern Abend konnten wir der österr. Rektorenkonferenz unsere Pläne zur neuen Unifinanzierung präsentieren."*

"Unsere Pläne ...". Wie sich herausgestellt hat, waren diese (im Übrigen wirklich guten) Pläne bereits im Juni 2017 beschlossen worden, auf Antrag der Grünen!

Alle Parteien, auch die deine, hatten sich für die Erhöhung des Budgets ausgesprochen, nur die ÖVP war wieder einmal dagegen. Also leider nix, was ich guten Gewissens auf die BBHF setzen kann.

Jedenfalls bin ich erleichtert, dass sich *"der demokratiepolitisch äußerst bedenkliche Abhörskandal"* nun doch nicht zum Bumstigate entwickelt hat. Die vermeintliche Wanze war letztlich nicht mehr als ein Kabelsalat, bestehend aus wenigen, veralteten Lautsprechern. Das relativiert natürlich auch die in einem früheren Brieferl angesprochene Klopapiercausa gewaltig.

Weißt du, was ich mich an dieser Stelle frage? Es scheint für das Beinahe-Bumstigate zwei mögliche Erklärungen zu geben.

Variante 1: Die Mitarbeiter, welche die vermeintliche Abhöranlage gefunden haben, sind, nun ja, zu unqualifiziert, um den Fund richtig zu deuten.

Variante 2: Das Ganze war nur ein erstunkenes und erlogenes Ablenkungsmanöver.

Egal, welche der beiden Varianten es war, auf solche Volksvertreter kann man ohne Zweifel stolz sein.

Ihr habt's euch gestern sicher voll gegiftet, wegen des Lichtermeers für die Ute Bock, oder? Irgendwie habe ich den Eindruck, dass sich für jede bräunliche Stimme in Österreich mindestens zwei Menschen erheben, die sich das alles so nicht gefallen lassen.

Heute könnt ihr euch gleich wieder giften, wegen der Demo in Linz. Die steht unter dem Motto *"Sozialabbau im ganzen Land – Unsere Antwort: Widerstand!"*

Zum Thema Sozialabbau gibt es zwei Fragen, die sich aufdrängen.

<u>Frage 1</u>: Warum genau wird so vehement ein Keil zwischen die Menschen getrieben? Warum werden Arme als *"Sozialschmarotzer"* oder *"Durchschummler"* bezeichnet, wenn es doch Faktum ist, dass es zu wenige Arbeitsplätze gibt, um Vollbeschäftigung zu erreichen?

<u>Frage 2</u>: Warum lassen die Bürger das mit sich machen?

Ich habe dazu ein sehr interessantes Interview mit der deutschen Journalistin Kathrin Hartmann auf *kleinezeitung.at* mit dem Titel *"Expertin: Gesellschaftliche Spaltung von Politik erwünscht"* gefunden.

<u>Antwort auf Frage 1</u>: *"Für die Reichen ist Armut eigentlich die wertvollste nachwachsende Ressource"*.

Eh klar! Man kann nur ja nur dann reich werden, wenn man entweder für die erbrachte Leistung zu viel Geld bekommen hat oder aber jenen, die an der Erbringung der Leistung beteiligt waren, zu wenig gezahlt hat. Im Idealfall macht man natürlich beides.

<u>Antwort auf Frage 2:</u> *"Grund für den Erfolg der Rhetorik gegen die Armen ist laut Hartmann die 'verrückte Idee' der Mittelschicht, der reichen Oberschicht näher zu sein als der armen Unterschicht. Die Mittelschicht nähere sich der Unterschicht jedoch immer weiter an. Hartmann bezeichnete dies als 'soziales Stockholmsyndrom'."*

"Soziales Stockholmsyndrom" - das gefällt mir! Unter dem Stockholm-Syndrom versteht man ein psychologisches Phänomen, bei dem Opfer von Geiselnahmen ein positives emotionales Verhältnis zu ihren Entführern aufbauen. Dies kann dann dazu führen, dass die Opfer mit den Tätern sympathisieren und sogar mit ihnen kooperieren.

Apropos: der Link zum Verfassungsbericht im Wikipedia-Artikel zum Akademikerball funktioniert noch immer nicht!

Was meinst du, wie lange werden die Menschen noch gefangen sein, in ihrer vermeintlichen Sicherheit, in dem sozialen Stockholmsyndrom? Wie lange werden sie sich noch einer *"Elite"* anbiedern, die von ihnen eh nichts wissen will?

Wann werden sie merken, dass sie es nur dann *"schaffen"* können, wenn sie sich mit anderen solidarisieren, weil ihnen nur dann auch selbst Solidarität zuteilwird, die sie dringend brauchen werden?

Und wann wird es sie geben, die verantwortungsbewussten Politiker, die Vertreter des Volkes, die im Sinne Aller und nicht der Reichen handeln, von denen sie sich womöglich Zuwendungen erhoffen oder vielleicht gar bekommen?

Liebe Grüße,
Cousine Daniela

~ ~ ~

Da bahnt sich ja der nächste Abhörskandal an...
DUFEK

4. Februar 2018, Brieferl No.25 – Die Bürgerbeteiligung

Lieber Cousin Herbert,

wieder einmal ist mir eine Beschwerde über die Kritik an der Regierung zu Augen gekommen. Die arme Anneliese Kitzmüller hat völlig Recht, wenn sie im Interview mit der APA sagt *"Jeder bekommt die 100 Tage Schonfrist, die diese Regierung jetzt nicht bekommen hat"*.

Und viele Leute, die wie immer kein Verständnis haben, werden das jetzt mit *"Mimimi"* kommentieren. Da habe ich mir gedacht, ich suche etwas zur Erbauung und Freude der Frau Kitzmüller heraus – eine Spezialversion der *"Ode an die selbige"* (also Freude).

Da gibt es ein nettes Video auf Youtube mit dem Titel *"'Mi Mi Mi' The Muppets 'Ode to Joy'"*

Um den Kritikern wieder einmal den Wind aus den Segeln nehmen zu können, habe ich mir mal im Detail angeschaut, was ihr denn bisher so geleistet habt. Weil in den Medien wird so viel über Burschenschaften, Antisemitismus und andere Grauslichkeiten berichtet, dass eure Arbeit wieder einmal völlig vergessen wird.

Stell dir nur vor, da gibt es schon wieder einen aufgebauschten Einzelfall, der in der FPÖ aufgetreten ist: *"Der Pressesprecher von Vizekanzler Heinz-Christian Strache hat auf Twitter Inhalte aus einem rechtsextremen Online-Lexikon zitiert und außerdem Nazi-Diktion verwendet."* So steht es über Martin Glier heute auf *kurier.at* unter dem Titel *"FPÖ-Pressesprecher zitiert aus rechtsextremem Wiki"* geschrieben.

Na ja, zumindest hat der Zahntechniker die fiesen Methoden der *"Systemmedien"* schlau und akkurat entlarven können.

Jedenfalls habe ich mir gedacht, ich schaue dort nach, wo alles beginnt – im Parlament.

Und da habe ich eine wirklich tolle Sache entdeckt, die auf dem Mist der vorherigen Regierung gewachsen ist. Die Möglichkeit der Bürgerbeteiligung!

"Seit September 2017 haben die BürgerInnen die Möglichkeit, Stellungnahmen zu Ministerialentwürfen noch einfacher über die Website einzubringen. Zusätzlich können die einzelnen Stellungnahmen mit einer Zustimmungserklärung unterstützt werden."

In weiterer Folge habe ich mir die Ministerialentwürfe angeschaut und da die Änderung des Arbeitsmarktpolitik-Finanzierungsgesetzes unter die Lupe genommen. Ab 1. Juli 2018 sollen die niedrigeren Einkommen gar keine bzw. weniger in die Arbeitslosenversicherung einzahlen.

Da steht so schön geschrieben: *"Um Personen mit niedrigem Einkommen wirksamer zu entlasten und damit auch den Konsum und so die österreichische Wirtschaft zu stärken, sollen ab 1. Juli 2018 die Werte für den reduzierten Arbeitslosenversicherungsbeitrag bei niedrigem Einkommen erhöht werden."*

Pah, ist das schwülstig und schleimig. Außerdem werden die Konsequenzen dabei nicht betrachtet. Na ja gut, dafür war vermutlich keine Zeit.

Ich habe mir dann die eingelangten Stellungnahmen aus der Bevölkerung angeschaut. Ich war ein wenig verwundert, dass sich da auch die Landesregierungen aus Niederösterreich und Vorarlberg zu Wort gemeldet haben. Irgendwie eigenartig, wenn doch explizit steht: *"BürgerInnen haben die Möglichkeit, Stellungnahmen zu Ministerialentwürfen während offener Begutachtungsfrist auch über die Website einzubringen. Zusätzlich können sie in dieser Frist einzelnen Stellungnahmen online zustimmen."*

Meinst du, sehen sich die Landesregierungen jetzt so bürgernah, dass sie sich schon selbst für Bürger halten?

Ich habe fleißig meine Zustimmung zu einzelnen Stellungnahmen abgegeben. Das funktioniert wirklich pipifein und einfach.

Blöd für die Regierung, dass die Leute in ihren Stellungnahmen gar nicht so begeistert sind und das vermeintliche Entlastungszuckerl als saures Drops identifizieren.

Besonders hat mir folgende Stellungnahme gefallen:

"Österreich entwickelt sich durch diese gewollten kommenden Maßnahmen immer mehr zum ASSI-Staat, und geht weg vom SOZIALSTAAT ! ! ! SO verlieren wir immer mehr und mehr unseres Wohlfahrtsstaates ! Diese Entwicklung unseres Staates, den unsere Vorfahren hart erarbeitet und auch erkämpft haben, ist mehr als bedenklich und nicht zu goutieren ! Dieser Regierung und deren Vorgehensweisen sollte sofort Einhalt geboten werden ! Oder wir wollen sich zurückentwickeln ! ? !"

Die Leute scheinen auch gar nicht weniger Arbeitslosenversicherung zahlen zu wollen, weil sie offenbar vorausschauender denken, als die Regierung. Dazu habe ich noch eine schöne Stellungsnahme gefunden.

"Das Schicksal Arbeitslosigkeit kann jeden immer treffen. Die Arbeitslosenversicherung ist in meinen Augen eine wichtige und existenzsichernde Einrichtung, für die ich gerne Beiträge zahle. Ich würde sogar wesentlich höhere Beiträge, als aktuell eingehoben werden, gerne bezahlen, damit Betroffene im Falle der Arbeitslosigkeit nicht ihre Existenz verlieren. Ich finde Steuern wichtig und bezahle diese gerne und ich erkläre mich mit allen solidarisch, die in Not geraten sind und deren Not dadurch dann gelindert werden kann."

Nicht einmal die eigenen Wähler lassen sich von dem Zuckerl über den Tisch ziehen:

"Ich hatte mich anfangs über die neue Regierung gefreut und sie auch gewählt, aber jetzt bin ich enttäuscht über die Aussagen von Herrn Kurz und Herrn Strache zu diesem Thema und gebe der Frau Ministerin Hartinger-Klein recht, eine Art Hartz 4 will niemand in Österreich. Zustände wie in Deutschland, wo Hartz 4-Empfänger in tiefer Armut leben und Flaschen sammeln um zu überleben, wollen wir sicher nicht."

Glaubst du, wird man den Stellungnahmen ordentlich Gehör schenken? Oder dieses Stellungnahmen-abgegeben-dürfen doch nur ein Placebo, um Teilnahme der Bevölkerung an der Gesetzgebung vorzugaukeln?

Liebe Grüße,
Cousine Daniela

~ ~ ~

6. Februar 2018, Brieferl No.26 – Bürgerbeteiligung á la Basti & Bumsti

Lieber Cousin Herbert,

da schreibe ich letztens großartig über die Möglichkeit der Bürgerbeteiligung auf der Homepage des Parlaments, und was muss ich feststellen? Das geht ja in Wahrheit viel einfacher!

Die sympathische Karoline Edtstadler, deine Staatssekretärin, hat gestern in der ZIB2 gesagt, wie es geht! Sie bzw. die Basti & Bumsti-Allianz will doch das Strafrecht in einigen Bereichen verschärfen. Und warum?

Sie wurde gefragt, ob sie denn glaube, dass der soziale Frieden wegen angeblich zu geringer Strafen in Gefahr sei.

Sie antwortete wortwörtlich:

"Wenn man einigen (!) Postern in sozialen Medien auf Berichte von sehr niedrigen Strafen folgt, dann muss man schon fürchten, dass das der Fall ist. Ja."

FAMOS!

Sie macht faktisch also nur das, was einige Poster schreiben! Ich bin ja auch Posterin in einem sozialen Medium. Also hier eben jetzt gerade. Das heißt also, ich und einige andere müssen nur etwas schreiben und schon setzt ihr das um? NOCH FAMOSER!

Gelten eigentlich auch Antworten zu Postings? Schon, oder? Also ich tippe mal ja.

Super, dann mag ich mir auch gleich was wünschen:

1) Einladung der *"Omas gegen rechts"* ins Bundeskanzleramt zu Kaffee und Kuchen am Mittwoch, 14. Februar 2018 um 16:00. Anwesend muss mindestens ein Regierungsmitglied sein. Und bitte für jede Dame eine Rose bereithalten, weil es ist Valentinstag!
Adresse: Ballhauspl. 2, 1010 Wien

2) Besuch von Sebastian Kurz im Obdachlosenheim *"die Gruft"* am Samstag, 17. Februar 2018 von 15:00 – 17:00. Er möge dort die Vorteile vom Arbeitslosengeld Neu vortragen.
Adresse: Barnabitengasse 12a, 1060 Wien

3) Da du auch am Polizeiball warst und sich dein Tanzvermögen in der Zwischenzeit sicherlich verbessert hat, wirst du zum 24. Wiener Flüchtlingsball am 24. Februar 2018, 20:00–23:59 ins Wiener Rathaus gebeten.
Adresse: Friedrich-Schmidt-Platz 1, 1010 Wien

4) Sollten meine o.g. Wünsche wider Erwarten nicht in Erfüllung gehen, so wünsche ich mir die Abschiebung aller rechten Recken, die den sozialen Frieden im Land gefährden. Müssen wir halt dann schauen, wer die nimmt, aber irgendwer wird sich schon finden.

Liebe Grüße,
Cousine Daniela

P.S.: Wenn du zum Ball gehst, komme ich auch!

~ ~ ~

7.Februar 2018, Brieferl No.27 – Ist die FPÖ rechtsextrem?

Lieber Cousin Herbert,

heute muss ich etwas mit dir besprechen, was ich (leider, wieder einmal) nicht ganz verstehe. Ich hoffe, du kannst zur Aufklärung beitragen. Der Pressesprecher deines Chefs, der Martin Glier, hat doch kürzlich aus dieser Metapedia zitiert. Nachdem sich einige Leute darüber zumindest gewundert haben, hat er folgendes gezwitschert: *"Nach den zahlreichen Hinweisen, dass es sich bei 'Metapedia' um eine rechtsextreme Seite handelt, ziehe ich meinen Tweet mit Bedauern zurück. Danke für die Info. War mir nicht bewusst."*

Ich habe mir gedacht, ich schaue mir dieses Machwerk einmal selber an. Bist du narrisch, was ich da alles gelernt habe! Nachstehende Sätze (igittttt!) sind allesamt Zitate.

"Adolf Hitler war ein deutscher Künstler, Soldat und Politiker. Während seiner Regierungszeit konnten beachtliche wirtschaftliche und außenpolitische Erfolge erzielt werden."

"Hitler war ein Befürworter des Sozialdarwinismus, bei welchem die kulturelle und intellektuelle Höherentwicklung einer Volksgemeinschaft im Mittelpunkt steht. Diesbezüglich vertrat er auch die Ansicht, daß unnötiges Leiden beendet werden darf und sollte; seine Sichtweise fand ihre Umsetzung im Rahmen des Euthanasie-Programmes, welches die Erlösung unheilbar Kranker von sinnlosem Leiden auch im Sinne der Erhaltung eines gesunden Volkskörpers zum Ziel hatte."

"Am Tag darauf, dem 30. April 1945, 'sollen' Adolf Hitler und seine Frau gegen 15.30 Uhr nach offiziellen Angaben und Zeugenaussagen Suizid verübt haben. Eva Braun 'soll' sich durch eine Giftampulle und Hitler durch einen Schuß in die Schläfe getötet haben"

Eine der Quellen für die Angaben auf dieser Seite ist übrigens David Irving. Den kennen wir Älteren ja, zwar vom Wegschauen, aber immerhin.

Wie auch Gerd Honsik, der Mitglied der Wiener Burschenschaft Rugia-Markomannia und des Ringes Freiheitlicher Studenten ist. Und außerdem ein strafrechtlich verurteilter Holocaustleugner.

Weiters habe ich erfahren, dass die *"Bundesrepublik Österreich"* gar kein richtiger Staat ist! Nein, es handelt sich dabei *"um ein Besatzungskonstrukt, weil sich die alliierten Siegermächte sehr weitgehende Rechte vorbehalten (u. a. Anschlußverbot). Gegenwärtig (Stand: 2017) wird Deutsch-Österreich als deutscher Teilstaat unter der Bezeichnung 'Republik Österreich' verwaltet."*

Zu guter Letzt, als sich mein Magen gerade dem Ende seiner Belastbarkeit näherte, habe ich mir noch die Seite *"Nationalgesinnte Gruppierungen und Parteien im deutschsprachigen Raum"* angeschaut. Also quasi jene Parteien, die sowohl Zielgruppe als auch geistige Mitgestalter dieser Seite zu sein scheinen. Ich zitiere hier die Gemeinsamkeiten der Parteien:

* *"Wiedererlangung der nationalstaatlichen Souveränität"*
* *"Ablehnung supranationaler Instanzen (wie der NATO, EU oder EZB)"*
* *"Bekenntnis zum eigenen Volk nach dem Abstammungsprinzip"*
* *"Abwendung der Überfremdung d.h. Verhinderung weiterer Zuwanderung und angestrebte Ausländerrückführung"*
* *"Bekenntnis zur eigenen Kultur, Sprache und Geschichte"*
* *"Ablehnung der Globalisierung"*
* *"Forderung einer freien Geschichtsforschung und Ablehnung der Politischen Korrektheit"*
* *"Verhinderung der Ausbeutung des eigenen Volkes und den natürlichen Ressourcen durch globale Konzerne"*

Und jetzt darfst du drei Mal raten, welche Parteien es laut dieses Artikels in Österreich gibt, die diese Gemeinsamkeiten teilen:

"Freiheitliche Partei Österreichs (FPÖ) • *Bündnis Zukunft Österreich (BZÖ)* • *Team Stronach für Österreich (STRONACH)* • *Die Reformkonservativen (REKOS)"*

Folgende Fragen drängen sich zwangsläufig bei mir auf:

1) War Martin Glier wirklich zu blöd, um die Seite als das zu erkennen, was sie ist, oder stellt er sich nur so? Und wie wirkt sich die etwaige Antwort auf seinen Posten als Pressesprecher des Witzekanzlers aus?

2) Wenn Martin Glier später sagt, dass es sich *"um eine rechtsextreme Seite handelt"*, warum regt sich dann keiner von euch darüber auf, dass die FPÖ dort genannt wird?

Conclusio: Entweder die FPÖ ist rechtsextrem, dann muss ich dich bitten, umgehend eine Meldung beim Verfassungsschutz zu machen. Und den Basti zu informieren – der weiß vielleicht nicht, welche Natter er da an seinem jugendlichen Busen nährt.

Oder aber, die FPÖ ist nicht rechtsextrem, dann solltet ihr euch schleunigst von dieser Seite entfernen lassen. Und das Parteiprogramm ändern. Und euch von einigen Mitarbeitern trennen.

Liebe Grüße,
Cousine Daniela

P.S.: Die *"Omas gegen Rechts"* haben die Einladung zum Kaffeekränzchen am Valentinstag noch nicht! Ich habe aber meinerseits das Integrationshaus gebeten, dir eine Karte für den Flüchtlingsball zukommen zu lassen.

~ ~ ~

8. Februar 2018, Brieferl No.28 – Hirnederln und Arschkarten

Lieber Cousin Herbert,

gestern habe ich eine Nachricht über Facebook bekommen, die ich fast witzig gefunden habe. Wenn es nur insgesamt nicht so traurig wäre.

Da beschwerte sich ein Herr, der lustigerweise auch Herbert heißt, über meinen zu liberalen Umgang mit Flüchtlingen und hoffte folgendes: *"Vielleicht haben ja auch Sie eines Tages eine andere Sicht auf die Dinge, wenn Sie einmal niedergeschlagen und/oder vergewaltigt worden sind oder Sie die volle Härte der Scharia trifft, weil Sie schon wieder ohne Kopftuch angetroffen werden."*

Dann habe ich heute auf *derstandard.at* unter dem Titel *"Behörde behielt Pässe in Wien, Familie Tikaev in Tschetschenien in Not"* gelesen, dass die Familie Tikaev (das sind die mit den 4 Kindern, die ihr nach Tschetschenien abgeschoben habt) in großen Schwierigkeiten steckt, weil man *"vergessen"* hatte, ihnen ihre Dokumente mit auf die Reise zu geben.

Wie geht das überhaupt? Werden bei Abschiebungen keine Passkontrollen durchgeführt? So nach dem Motto - Hauptsache weg mit ihnen? Also nur weil ich nicht mag, dass eine Familie mit vier Kindern nach mehr als 6 (!) Jahren in Österreich einfach so abgeschoben wird, habe ich einen unrealistischen Umgang mit der *"Flüchtlingsproblematik"* (wie es der Schreiber ausgedrückt hat)?

Offensichtlich sind die Hirnederln noch verbreiteter, als ich bisher befürchten musste.

An alle Hirnederln da draussen, die immer noch glauben, die Welt sei geprägt von Herrenrassen und Untermenschen (das war ja auch wieder so ein glorreicher Einzelfall aus der FPÖ, diesmal war es eine Dame namens Miriam Rydl, nachzulesen unter dem Titel *"Tullner FPÖ-Funktionärin liefert Facebook-Ausrutscher"* auf *noen.at*), schwarz oder weiß, links oder rechts, euch sei an dieser Stelle gesagt:

- man kann ein Mensch mit Mitgefühl sein, ohne deshalb gleich jeden einladen zu wollen!

- man kann tolerant gegenüber anderen Religionen sein, ohne sich selbigen mit Haut und Haar und Kopftuch auszuliefern!

- man kann einen realistischen Blick auf die Welt haben, ohne deshalb gegen andere zu hetzen!

- man kann arbeitslos sein, ohne deshalb ein *"Durchschummler"* oder *"Sozialschmarotzer"* sein!

- man kann ein gutes Leben führen, ohne Anderen das Leben zu vermiesen!

Nun noch zu einem anderen Thema.

Sag mal, die FPÖ war doch immer so gegen den Proporz, korrekt? Zumindest noch im Jahr 2010, wenn man den Informationen unter dem Titel *"FPÖ drängt auf Proporz-Abschaffung"* auf *diepresse.com* trauen darf.

Wie passt das jetzt genau dazu, dass die ÖBB eingebläut wird? *derstandard.at* hat heute darüber unter dem Titel *"Blau statt Rot: Hofer fixiert neue ÖBB-Aufsichtsräte"* berichtet.

Ich freue mich jedenfalls, dass die Monika Forstinger, die herausragende Infrastrukturministerin der Ära Schüssel, auch endlich wieder einen ordentlichen, gut dotierten Job bekommen wird. Vielleicht wird die *"Faschingsministerin"* ja mit der Zuordnung neuer Telefonnummern betraut, da kennt sie sich ja gut aus. Im Jahr 2001 hatte sie zunächst eine Verordnung unterzeichnet, die eine Änderung aller Telefonnummern zur Folge gehabt hätte. Kurz nachdem dies bekannt geworden war, hatte sie den umstrittenen Erlass jedoch wieder zurückgezogen.

Und zu guter Letzt habe ich noch eine tolle Neuigkeit für dich: ich bin jetzt offiziell Unterstützerin des Frauenvolksbegehrens.

Man wollte da eine kurze Stellungnahme von mir, warum ich das Volksbegehren für wichtig halte. Ich habe wie folgt subsumiert:

"Wenn man die Arschkarte zugewiesen bekommt, weil man kein Y-Chromosom hat, ist das einfach nur inakzeptabel"

Die Frauenministerin von Bastis Gnaden, Juliane Bogner-Strauß, unterschreibt im Übrigen nicht.

Liebe Grüße,
Cousine Daniela

~ ~ ~

9.Februar 2018, Brieferl No.29 – Ein fetter Bug in der Matrix?

Lieber Cousin Herbert,

letztens habe ich doch diesen ungustiösen David Irving als Quelle für die noch ungustiösere Internetseite entdeckt, deren Namen ich gar nicht mehr wiederholen will.

Und du wirst es nicht für möglich halten, heute ist mir der schon wieder unter die Augen gekommen. Drei Mal darfst du raten, in welchem Zusammenhang! Ja, ich weiß eh, so viele Versuche wirst du nicht brauchen. Ich will halt immer nett und hilfsbereit sein.

Dein Chef, also parteiintern, der Bumsti, (nicht dein Regierungschef, der Retter des Opernballs, der fesche, junge Schwiegermuttertraum Basti) will jetzt eine FPÖ-*"Historikerkommission"* einsetzen. Die soll *"die Geschichte des 'Dritten Lagers' und der FPÖ aufarbeiten"*.

So weit, so gut. Ist ja auch löblich, sich für Geschichte zu interessieren. Jetzt kommt aber der Clou an der Sache. Der Herr Lothar Höbelt, der diese Historikerkommission leiten soll, reiht sich mittels Würdigung bei den Ungustln ein. *"Unter anderem zählte der Professor für Geschichte an der Wiener Universität zu den Autoren einer Festschrift, in der das 'Werk' von David Irving – ausgerechnet unter dem Titel 'Wagnis Wahrheit' - gewürdigt wird."* Das hat Hans-Henning Scharsach herausgefunden, was auf seiner Internetseite *empoerteuch.at* unter dem Titel *"Kandidat für FPÖ-'Historikerkommission' Höbelt ehrte Holocaustleugner"* nachzulesen ist.

Manchmal, wenn mir solche G'schichtln wie diese zu Augen kommen, glaube ich, dass *"Matrix"* kein Unterhaltungs- sondern ein Dokumentarfilm war. Und wir alle in der Matrix leben, die nur leider gerade einen riesigen Bug hat.

Nein, nicht der Schiffs-Bug, sondern die englische Wanze. Nein, nicht die, die beim Bumsti doch nicht im Büro ist, sondern die, die für einen Fehler im einem Softwareprogramm steht!

Ich wollte mich nicht weiter mit diesen ungustiösen Angelegenheiten beschäftigen und habe mir deshalb frohen Mutes wieder einmal die Seite vom Parlament und die Ministerialentwürfe angeschaut.

Dieses Mal habe ich mir das *"Datenschutz-Anpassungsgesetz"* auf der Homepage vom Parlament angeschaut, das ja aus deinem Ministerium kommt. Ich wollte dir eine besondere Freude machen.

Am Anfang steht wieder das übliche Einlull-Blabla, wie super das nicht alles ist. Wirklich interessant ist ja nur der Entwurf zum Gesetzestext.

Da habe ich einiges entdeckt, wo ich das Gefühl hatte, der vermeintliche Bug in der Matrix grinst mir frech ins Gesicht.

Die Großschreibung ist nicht im Original, ich wollte nur, dass du gleich siehst, worauf ich hinaus will.

Artikel 3 – Änderung des Meldegesetzes 1991:

"9. §14 Abs. 1 erster Satz lautet: Die Meldebehörden ... sind ermächtigt, DATEN eines angemeldeten MENSCHEN mit Hinweisen auf Verwaltungsverfahren (Behörde, Aktenzeichen, Datum der Speicherung) zu VERKNÜPFEN."

"19. Dem §16 wird folgender Abs. 8 angefügt: (8) Hinsichtlich der Verarbeitung personenbezogener Daten nach diesem Bundesgesetz besteht KEIN WIDERSPRUCHSRECHT gemäß Art. 21 DSGVO."

Sehr interessant finde ich das. Wenn ich richtig informiert bin, dann ist EU-Recht dem österreichischen Recht übergeordnet. Also eigentlich sollte man sich daran halten, vor allem, wenn es um die Rechte des Einzelnen geht.

Die EU-Datenschutz-Grundverordnung sagt jedenfalls folgendes: *"1. Die betroffene Person hat das Recht, aus Gründen, die sich aus ihrer besonderen Situation ergeben, jederzeit gegen die Verarbeitung sie betreffender personenbezogener Daten [...] Widerspruch einzulegen"*

Ich vermute, ihr verlasst euch auf das Fehlerkalkül der Rechtsordnung. Man kann locker ein verfassungs- oder EU-rechtswidriges Gesetz erlassen, weil das bleibt ja eh in Kraft. Solange, bis sich wer darüber beschwert. Und das kann dauern. Und ein Verfahren erst recht.

Des Weiteren habe ich an mehreren Stellen die Reduktion der Zeit für die Protokollaufzeichnungen gefunden, also wann welcher Beamte sich aus welchem Grund etwas angeschaut hat. Und tatsächlich, wie eh schon angekündigt, wird die von 3 auf 2 Jahre reduziert.

Das aktuelle BFA-Verfahrensgesetz schreibt im §27 (4) *"Die Protokollaufzeichnungen sind DREI Jahre aufzubewahren."* Das soll gestrichen werden.

Dem §27 wird folgender Abs. 5 angefügt: *"(5) Protokolldaten über tatsächlich durchgeführte Verarbeitungs-vorgänge, wie insbesondere Änderungen, Abfragen und Übermittlungen, sind ZWEI Jahre lang aufzubewahren."*

Ich habe mir mal für dich ein paar Angebote für externe Festplatten angeschaut. Die sind nimmer so teuer, wie ihr vermutlich glaubt. Eine externe 3TB Festplatte gibt es bereits ab schlappen € 119,99.

Ich mag ja gar nicht glauben, dass andere Motive hinter dieser Reduktion der Protokollaufzeichnungsfrist stecken, als rein monetäre. Oder irre ich mich?

Liebe Grüße,
Cousine Daniela

~ ~ ~

10. Februar 2018, Brieferl No.30 – Zur Feier des Tages

Lieber Cousin Herbert,

heute gibt es einiges, das wir feiern können!

1) Unser 30. Brieferl – ein jedes bisher deinerseits unbeantwortet, jedoch zumindest von deinen Fans nicht unbeachtet.

2) Stell dir nur vor, ich habe jetzt auch mehr als 10.000 Likes auf meiner Seite! Und das, obwohl ich gar nix zur Verlosung angeboten habe. DANKE, IHR LIEBEN MENSCHEN DA DRAUSSEN! Und auch ein Danke an alle, die mir ungustiöse Nachrichten oder Kommentare schreiben! Ihr glaubt ja gar nicht, wie motivierend das wirkt!

3) Ich habe einen zweiten Link gefunden, der von Wikipedia auf eine Regierungsseite zeigt, und der nicht mehr funktioniert!

Aber der Reihe nach. Ich habe im *derstandard.at* unter der Schlagzeile *“Kurz löst den Bundespressedienst auf“* gelesen, dass der Basti eben jetzt besagten Bundespressedienst auflässt. So weit, so komisch. Wegen der Argumentation nämlich, die da lautet *“Das sei Teil einer ‘organisatorischen Straffung’“*

Ich muss gestehen, dass mir der Bundespressedienst bisher nicht allzu geläufig war. Was daran liegt, dass ich mich zwar immer schon für Politik interessiert habe, aber nicht in dem gleichen Ausmaß, wie ich es jetzt tue. Nein, das hat nix mit dir als Person zu tun, sorry.

Das liegt am bumbastischen Gruselfaktor!

Es ist ja nicht so, dass ich von den früheren Regierungen immer nur begeistert gewesen wäre. Aber zumindest hat es mich nicht gegruselt. Wie sich die Ansprüche ändern können, wenn man schon froh sein muss, sich vor der eigenen Regierung nicht gruseln zu müssen.

Jedenfalls habe ich mir eben, um meine Wissenslücke zu schließen, den Wikipedia-Eintrag zum Bundespressedienst angeschaut.

Ganz unten, in der Rubrik *"Weblinks"*, wird auf eine Seite des Bundeskanzleramtes verwiesen. Da ist dann zu lesen *"Die angeforderte Ressource wurde nicht gefunden."* Das kommt mir jetzt schon irgendwie spanisch vor. Eigentlich eher bananenrepublikanisch. Der Link zum Verfassungsbericht beim Wikipedia-Artikel zum Akademikerball funktioniert ja auch noch immer nicht wieder!

Gerade eben ist mir noch eine Nachricht untergekommen, die wieder einmal dein ganz persönliches, herausragendes Engagement für die Republik verdeutlicht.

"Im Zuge der geplanten Strafrechtsreform kann sich Innenminister Herbert Kickl (FPÖ) auch bei Angriffen auf Polizisten und bei Unfallgaffern härtere Strafen vorstellen" steht im Artikel des *orf.at* unter der Überschrift *"Assistenzeinsatz des Innenministeriums"*.

Das bedeutet Erhöhung des Strafmaßes bei Angriffen auf Polizisten aus *"besonders verwerflichen Motiven"* und auch für aggressives Vorgehen gegen Polizisten wie Anpöbeln der Anspucken sollte es höhere Strafen geben, *"damit es dem Angreifer wirklich wehtut"*.

Genau! Super! Vielleicht könntest du bitte einen genauen Katalog erstellen, was *"besonders verwerfliche Motive"* und *"Anpöbeln"* sind! Missverständnisse müssen unbedingt im Keim erstickt werden. Weil nicht, dass beispielsweise ein Schielender wegen *"schiefen Anschauens"* schon als Anpöbler gilt. Oder einer Kopftuchträgerin ein verwerfliches Motiv wegen anderer Religion nachgesagt wird.

Zum Nachschärfen beim *"Unfallvoyeurismus"* steht: *"Nachweisen könnte man das mit Kameras, wenn es einen politischen Willen gebe, sei auch die technische Umsetzung kein Problem"*

Noch superer! Ab sofort wird neben jeder Unfallstelle mit 140 (wegen der Umwelt) vorbei gebrettelt. Unabhängig von etwaigen Teilen, menschlicher oder autotechnischer Natur, die sich vielleicht auf der Fahrbahn befinden.

Wie ist das eigentlich, wenn der vor mir nicht ordnungsgemäß weiterbrettelt? Muss ich ihm dann reinfahren, weil ich nicht bremsen darf? Werden die Kameras das dann eh genau erfassen und den wahren Unhold identifizieren? Am besten gefällt mir aber:

"Keinen Änderungsbedarf sieht Kickl bei Burschenschaften und ihrem Einfluss innerhalb der FPÖ. .... Burschenschaften seien in ihrem politischen Leben 'österreichische Patrioten im besten Sinn, das verbindet uns'".

Dazu habe ich einen interessanten Artikel gefunden. Die Schlagzeile *"Jurist: Subventionen für Burschenschaften 'nicht rechtens'"* auf *derstandard.at* sagt eigentlich eh schon alles. Konkret sagt der Verfassungsjurist Karl Weber (ich habe die interessantesten Passagen wieder extra für dich GROSS geschrieben):

"Zum einen sind die Verbindungen (Anm: Burschenschaften) nur Männern vorbehalten, zum anderen ist das hier vertretene Gedankengut WEDER MIT EINEM MODERNEN MENSCHEN-RECHTSVERSTÄNDNIS NOCH DEN VORSTELLUNGEN VON HUMANITÄT, TOLERANZ und DEMOKRATIE IN EINKLANG ZU BRINGEN."

Da werden einem wieder die kruden Auswüchse von Bildung bewusst. Immer diese Verfassungsjuristen! Nur gut, dass die in der aktuellen Regierung eh nicht gar so verbreitet ist.

Liebe Grüße,
Cousine Daniela

~ ~ ~

13. Februar 2018, Brieferl No.31 – Faschingsdienstag

Lieber Cousin Herbert,

heute ist Faschingsdienstag und da geht's doch immer lustig zu. Eigentlich wollte ich über die *"Historikerkommission"* und die noch bessere *"Koordinierungsgruppe"* schreiben, weil alleine deren Zusammensetzung bereits für einen Lachanfall der Extraklasse sorgt.
Ich zitiere hier aus dem Artikel *"Von Stenzel bis Mölzer: FPÖ präsentiert Historikerkommission"* auf *diepresse.com*:

"Neben der Historikerkommission soll es auch eine blaue Koordinierungsgruppe geben, die den Prozess 'begleitet und steuert'".
Dieser sollen angehören:
* der freiheitliche Ehrenobmann Hilmar Kabas,
* Volksanwalt Peter Fichtenbauer (Mitglied bei der Ferialverbindung Waldmark),
* die ehemalige ÖVP- und nunmehrige FPÖ-Funktionärin Ursula Stenzel,
* die Dritte Nationalratspräsidentin Anneliese Kitzmüller (Mitglied der Mädelschaft Iduna),
* Bundesparteiobmann-Stellvertreter Harald Stefan (Mitglied der Burschenschaft Olympia),
* Norbert Nemeth, Klubdirektor des freiheitlichen Parlamentsklubs (und wie Stefan Mitglied der Burschenschaft Olympia),
* der Vorarlberger Abgeordnete und Teutonia-Wien-Burschenschafter Reinhard Bösch sowie
* der freiheitliche Publizist Andreas Mölzer (selbst kein Burschenschafter, aber Mitglied der Corps Vandalia zu Graz).

Dann habe ich mir aber gedacht, ich falle lieber nicht auf die billigen Tricks rein und lasse mich von der x-ten *"wir haben nix mit Nationalsozialismus und Antisemitismus zu tun"* -Beteuerung nicht von den großartigen Leistungen der Basti & Bumsti-Regentschaft ablenken.

Daher präsentierte ich heute die aktuellen Schmankerln der Regierung:

1) Ein Finanzminister, der Maßnahmen zur Steuervermeidung durch Konzerne als *"nicht unbedingt erforderlich"* erachtet. Nachzulesen auf *profil.at* unter dem Titel *"Finanzminister Löger gegen neue Transparenzregeln für Großkonzerne in der EU"*

2) Ein Vizekanzler, der nicht nur Witzekanzler sein will, sondern auch mit fantastischem Wissen über den Balkan glänzt. Darüber hat *derstandard.at* mit der Schlagzeile *"Aufregung um Straches proserbische Positionen zum Kosovo-Konflikt"* berichtet.

3) Alle Ministerinnen sprechen sich gegen die Inhalte des Frauenvolksbegehrens aus, weil eh alles so super ist. Hat *derstandard.at* sehr schön unter *"Frauen sehen rot wegen türkis-blauer Ministerinnen"* zusammengefasst.

4) Ein Innenminister, der im Zuge der *"Vorbeugung, Verhinderung und Aufklärung von terroristischen und bestimmten anderen Straftaten"* gleich mal folgende Fluggastdaten von allen Passagieren für jeden in Österreich ankommenden Flug speichern will:

"§ 3. (1) Fluggastdaten nach diesem Bundesgesetz sind:

1. Angaben zum Fluggastdaten-Buchungscode,

2. Datum der Buchung und der Flugscheinausstellung,

3. planmäßiges Abflugdatum oder planmäßige Abflugdaten,

4. Familienname, Geburtsname, Vornamen und akademischer Grad des Fluggastes,

5. Anschrift und Kontaktangaben des Fluggastes, einschließlich Telefonnummer und E-MailAdresse,

6. alle Arten von Zahlungsinformationen, einschließlich der Rechnungsanschrift,

7. gesamter Reiseverlauf für bestimmte Fluggastdaten,

8. Angaben zum Vielflieger-Eintrag,

9. Angaben zum Reisebüro und zum Sachbearbeiter,

10. Reisestatus des Fluggastes mit Angaben über Reisebestätigungen, Eincheckstatus, nicht angetretene Flüge und Fluggäste mit Flugschein, aber ohne Reservierung,

11. Angaben über gesplittete und geteilte Fluggastdaten,

12. allgemeine Hinweise, einschließlich aller verfügbaren Angaben zu unbegleiteten Minderjährigen, wie beispielsweise Namensangaben, Geschlecht, Alter und Sprachen des Minderjährigen, Namensangaben und Kontaktdaten der Begleitperson beim Abflug und Angabe, in welcher Beziehung diese Person zum Minderjährigen steht, Namensangaben und Kontaktdaten der abholenden Person und Angabe, in welcher Beziehung diese Person zum Minderjährigen steht, begleitender Flughafenmitarbeiter bei Abflug und Ankunft,

13. Flugscheindaten, einschließlich Flugscheinnummer, Ausstellungsdatum, einfacher Flug und automatische Tarifanzeige,

14. Sitzplatznummer und sonstige Sitzplatzinformationen,

15. Angaben zum Code-Sharing,

16. vollständige Gepäckangaben,

17. Anzahl und Namensangaben von Mitreisenden im Rahmen der Fluggastdaten,

18. etwaige erhobene erweiterte Fluggastdaten (API-Daten), einschließlich Art, Nummer, Ausstellungsland und Ablaufdatum von Identitätsdokumenten, Staatsangehörigkeit, Familienname, Vornamen, Geschlecht, Geburtsdatum, Luftfahrtunternehmen, Flugnummer, Tag des Abflugs und der Ankunft, Flughafen des Abflugs und der Ankunft, Uhrzeit des Abflugs und der Ankunft und

19. alle vormaligen Änderungen der unter den Z 1 bis 18 aufgeführten Fluggastdaten. "

Fein, dass die Gesetzesentwürfe (noch) auf der Webseite des Parlaments einsehbar sind.

Obwohl die EU-Richtlinie 2016/681 des europäischen Parlaments und des Rates, auf der dieser gelungene Gesetzesentwurf beruht, explizit besagt …

"Die PNR-Daten sollten nur jene Details über den Buchungsvorgang und die Reiseroute von Fluggästen beinhalten, mit deren Hilfe die zuständigen Stellen diejenigen Fluggäste ermitteln können, die eine Bedrohung für die innere Sicherheit darstellen",

... machst du, lieber Cousin Innenminister, das gleich großflächig für alle und legst auch gleich fest, dass die nach 6 Monaten durchzuführende Depersonalisierung der Daten dann entfallen kann, wenn es um *"Vorbeugung"* einer bestimmten strafbaren Handlung geht. Das ist super, weil *"vorbeugend"* kann ja faktisch alles ein, oder?

Ach ja, und das beste aller Schmankerl zum Faschingsdienstag, das Schmankerl de Luxe:

5) Ein Bundeskanzler, der sich entweder erst gar nicht zu Wort meldet oder ... Nix oder, er sagt ja nix. Schweigekanzler 2.0.
Hier ist, mangels Wortmeldung, keine Quelle verfügbar.

Happy Faschingsdienstag uns allen! covfefe!

Liebe Grüße,
Cousine Daniela

P.S.: Die *"Omas gegen Rechts"* wurden, entgegen unser aller Erwartungen, nun doch nicht zum Kaffeekränzchen ins Bundeskanzleramt eingeladen. Macht nix, dafür machen sie morgen bei folgender Veranstaltung *"One Billion Rising Austria"* mit. Da geht es um das *"Ende der Gewalt an Frauen* und Mädchen*"*. Ob auch eine Ministerin dabei sein wird?

~ ~ ~

17. Februar 2018, Brieferl No.32 – Kommissar Rosi und die ausgleichende Gerechtigkeit

Lieber Cousin Herbert,

tut mir sehr leid, dass ich wegen deines Ausflugs nach München nicht sofort reagiert habe, aber das hatte technische Gründe. Dennoch ist mir nicht entgangen, mit welch strahlendem Gesichtsausdruck du auf dem netten Pferdi gesessen bist. Richtig lieb war das. Wobei ich zugeben muss, dass mir der Putin am Pferd mit nacktem Oberkörper besser gefallen hat. Aber man kann es eben nicht jedem rechtmachen.

Ach ja, Minister müsste man sein. Und sich besonders für Pferde interessieren. Dann hat man es lustig. Und bekommt alles auch noch bezahlt.

Ich habe mir gedacht, dass du am besten gleich zwei Fliegen mit einer Klappe erschlagen könntest. Zum einen sind ja die meisten von deiner Idee mit der berittenen Polizei nicht gar so begeistert. Weil die Leute auch immer an die Tiere denken müssen. Linkes Gesindel vermutlich. Und zum zweiten sind die ständigen Querelen mit dem ORF auch schön langsam fad.

Ich schlage deshalb eine neue Fernsehserie vor, vom ORF produziert: *"Kommissar Rosi"*. Ich stelle mir das so als Mischung aus *"Kommissar Rex"* und *"Kurier der Kaiserin"* vor, mit einem feschen menschlichen Ermittler, der von seinem Pferd, der Rosi, tatkräftig unterstützt wird.

Das würde einschlagen, da bin ich mir sicher! Und zusätzlich könnte man gezieltes Product Placement machen. Also den Ermittler statt in Wikipedia nur auf Metapedia recherchieren lassen, um gleich das rechtmäßige Gedankengut unter die Bevölkerung zu bringen.

Oder der fesche Ermittler könnte auch einer Burschenschaft angehören, die sind ja in den linken Medien nicht so gut weggekommen in letzter Zeit.

Jetzt aber noch ein kurzes Wort zum Thema *"Ausgleichende Gerechtigkeit"*. Auf der Homepage des Parlaments habe ich den Gesetzesentwurf zur indexierten Kinderbeihilfe gefunden.

Wie angekündigt soll also die Kinderbeihilfe für Nachwuchs, der im EU-Ausland oder der Schweiz lebt, angepaßt werden. Das ganze soll ab 1. Jänner 2019 gelten und alle zwei Jahre wird geprüft, ob sich die Preisniveaus verändert haben.

Ich mag jetzt gar keine Diskussion vom Zaun brechen, ob dies mit geltendem EU-Recht verträglich ist. Da gibt es durchaus einige Meinungen, dass dem eben nicht so ist. Aber bitte, das scheint weder Basti noch Bumsti zu jucken.

Lass mich kurz zusammenfassen:

- Kinder bekommen künftig MEHR oder GLEICH VIEL oder WENIGER Geld, wenn sie im Ausland leben
- alle ZWEI JAHRE wird das Preisniveau untersucht

Dann habe ich noch etwas interessantes gefunden. Am 14.02.2018 wurde folgende Verordnung kundgemacht: *"Festsetzung von Hundertsätzen für die Bemessung von Kaufkraftausgleichszulagen für im Ausland verwendete Beamte und Vertragsbedienstete des Bundes"*.

Grundlage dafür ist *"§21b GehG (Gehaltsgesetz 1956) Kaufkraftausgleichszulage"*, in dem geschrieben steht: *"Der Bundesminister für europäische und internationale Angelegenheiten hat im Einvernehmen mit dem Bundeskanzler für Dienstorte im Ausland, an denen die Kaufkraft des Euro geringer ist als in Wien, durch Verordnung monatliche Hundertsätze für die Bemessung von Kaufkraftausgleichszulagen festzusetzen. Der kundgemachte Hundertsatz gilt jeweils für den in der Verordnung festgesetzten Monat."*

In der Verordnung finden sich also ausschließlich Städte, in denen die Kaufkraft des Euro geringer ist, weshalb die Beamten MEHR an *"Monatsbezug, Sonderzahlung und Auslandsverwendungszulage"* erhalten.

Lass mich wieder kurz zusammenfassen:

   - Beamte bekommen GLEICH VIEL oder MEHR Geld,
   wenn sie im Ausland arbeiten

   - JEDEN MONAT wird das Preisniveau untersucht

Irgendwie habe ich das Gefühl, dass Beamte und Kinder nicht gleich behandelt werden. Aber vermutlich gehört das bei euch so.

Liebe Grüße,
Cousine Daniela

P.S.: Ich bin mir sicher, dass die Sozialdemokraten, Sozialisten, Marxisten gemeinschaftlich mit allen normal denkenden und fühlenden Menschen eine soziale Klimaerwärmung erzeugen werden, die jeden Eisberg zum schmelzen bringen wird.

Ich möchte das nur deshalb erwähnen, weil der sympathische FPÖ-Oberösterreich-Chef Haimbuchner in seiner Rede am Aschermittwoch folgendes in die Anhängerschaft gerufen hatte *"Liebe Sozialdemokraten, Sozialisten und Marxisten, ihr befindet euch auf der Titanic und wir sind der Eisberg für euch!"*.

~ ~ ~

18. Februar 2018, Brieferl No.33 – BBHF neu, Deregulierung und nasse Hemden

Lieber Cousin Herbert,

heute freue ich mich richtig. Dank des neues Gesetzes für die Indexierung der Kinderbeihilfe kann ich nun endlich wieder einmal die BBHF aktualisieren. Du erinnerst dich, das ist die BASTI & BUMSTIs HALL of FAME. Die Tabelle der Errungenschaften der aktuellen Regierung.

Außerdem habe ich noch etwas Hübsches gefunden. Unter dem hippen Namen *"Datenverbund der Schulen"* sollen Schülerinnen und Schüler nun auch IT-technisch ordnungsgemäß erfasst werden. Nicht nur das. Im Zuge der Änderung des *"Datenschutz-Anpassungsgesetzes"* wird auch gleich das Schülerbeihilfengesetz 1983 geändert.

Da habe ich bitte eine klitzekleine Frage. Es hat doch geheißen, dass der Justizminister auch Minister für Deregulierung ist. So sagt es zumindest der Name des Ministeriums. *"Bundesministerium für Verfassung, Reformen, Deregulierung und Justiz"*.

Dieses Schülerbeihilfengesetz 1983 wird aber gar nicht dereguliert, ganz im Gegenteil. Weil der vorgeschlagene Sermon so elendiglich lang ist, dass ich mich des Eindrucks nicht erwehren, man will künftig möglichst wenig Schülerbeihilfe ausgeben müssen. Was da an alles Daten ermittelt werden soll, das geht noch nicht einmal mehr auf die Haut einer ganzen Kuhherde!

Aber ich kann das freilich gut nachvollziehen.

1) So eine Ermittlung und Verknüpfung von Daten ist schon recht praktisch. Erinnert zwar ein bisschen an DDR 4.0, aber da sollte man nicht so pingelig sein. Hast du zwar selber bekrittelt, aber das war ja noch vor der Wahl. Gilt also nicht.

2) Wenn man gaaaanz viele Daten sammelt, dann findet man doch viel leichter irgendeinen Punkt, der jetzt gerade eben nicht passt und kann dann locker den Antrag auf Schülerbeihilfe ablehnen.

Was sagst du eigentlich dazu, dass der Hugo Portisch meint, dass *"das Vorgehen der FPÖ eine 'Gefahr für die Demokratie'"* sei, betreffend *"der ORF würde Lügen verbreiten"*? So hat er das in einem Interview mit dem *kurier.at* gesagt, unter dem Titel *"Portisch: 'Das ist eine politische Bedrohung'"* zu finden.

Ich persönlich finde den ORF gut. Auch den Armin Wolf, wenngleich ich zugeben muss, dass ich mir ziemlich ins Hemd machen würde, müsste ich bei ihm sitzen. Der ist ja immer beinhart! Zu jedem! Also wäre er sicher auch bei mir so. Ah, vielleicht mögt ihr ihn deshalb nicht, weil ihr euch auch ins Hemd macht, es aber nicht zugeben könnt. Das wäre eine plausible Erklärung.

Liebe Grüße,
Cousine Daniela

~ ~ ~

BASTI & BUMSTIs HALL of FAME

Datum	Maßnahme	Auswirkung
18.02.2018	Indexierte Familienbeihilfe [1]	Nicht jede Grete kriegt die gleiche Knete
18.02.2018	Weniger Geld für die Arbeitslosenversicherung [2]	Stufe 1 für HartzIV in rot-weiß-rot
18.02.2018	Aufbewahrungfrist von Protokolldaten nur noch 2 Jahre [3]	schlecht für den Bürger, der auf diese zugreifen möchte
12.01.2018	Datenschutzbeschränkungen [4]	Einschränkung von unnötigen Bürgerrechten
08.01.2018	Aufhebung aller Gesetze und Verordnungen von vor 1.1.2000 [4]	wir werden uns noch wundern
18.12.2017	Arbeitslosengeld Neu [4]	Hartz IV in anderem Gewand
18.12.2017	Neuerungen für Arbeitslose [4]	zB: zumutbarer Arbeitsweg 2,5 Stunden
18.12.2017	Neuerungen für Arbeitnehmer [4]	12-Stunden-Tag, weil work-life-balance braucht keiner
18.12.2017	Einführung von Studiengebühren [4]	weniger Bildung braucht das Land
18.12.2017	Eingriff in das Mietrechtsgesetz [4]	Vermieter werden endlich reicher
18.12.2017	Zentralisierte Lager für Asylwerber [4]	Kasernen, Industriegebiete oder ganz neue Lager?
31.01.2018	Letzter Tag für „Beschäftigungsbonus" [5]	weniger Beschäftigte
10.01.2018	„Familienbonus" wird beschlossen [5]	Arme kriegen nix oder wenig, Besserverdienende mehr
31.12.2017	Letzter Tag für „Aktion 20.000" [5]	weniger Beschäftigte
Jänner 2018	Generalsekretäre in den Ministerien [6]	Nicht ausgeschriebene, weisungsberechtigte Posten
01.12.2017	Aufhebung des Rauchverbots in der Gastronomie [5]	Maßnahme zur Entlastung der Pensionskassen

[1] ab 01.01.2019, [2] ab 01.07.2018 [3] ab 25.05.2018, [4] angekündigt, [5] beschlossen, [6] durchgeführt

19. Februar 2018, Brieferl No.34 – Die Goaschtigen, die Unseriösen und die armen Krüppel

Lieber Cousin Herbert,

heute muss ich dir mein tiefstes Mitgefühl ausdrücken. Wirklich, Schmäh ohne. Die Menschen können so goaschtig sein, du glaubst es nicht. Da kursieren jetzt überall Bilder von dir am Pferd. Bei manchen steht *"Herbert, der Gaulleiter"* oder *"Leberkas-Berti"* dabei, andere wiederum zeigen dich strahlend am Karussell auf einem Holzpferd. Die besonders goaschtigen Leute weisen darauf hin, dass Reiten immer schon eine gute Therapie für Verhaltensauffällige jedweder Art war. Du hast es echt nicht leicht, das muss ich sagen.

Mit deinen Kollegen gibt's auch nur Scherereien, wenn ich an deine werte Kollegin Dagmar Belakowitsch denke. Die hat nämlich das Volksbegehren für das Inkrafttreten des Rauchverbots in der Gastronomie als *"nicht seriös"* erachtet. Aha. Ich habe mir übrigens extra den Ausschnitt beim ORF angeschaut – sie hat das wirklich so gesagt! Nix Verschwörung!

Schon irgendwie witzig, das Demokratieverständnis der FPÖ. Ihr wolltet doch immer mehr Volksbeteiligung. Die Karoline Edtstadler reagiert sofort, wenn ein paar Leute in sozialen Medien nach härteren Strafen schreien. Am 30. September 2017 hat der Norbert noch vollmundig erklärt, dass es zu CETA mit der FPÖ eine Volksabstimmung geben werde. Weil *"Immerhin hätten sich mehr als eine halbe Million Österreicher in einem Volksbegehren Anfang des Jahres gegen das Freihandelsabkommen ausgesprochen, was als deutliches Zeichen und Auftrag an die Bundesregierung zu werten sei."*

Aber merken wir es uns doch spaßeshalber: Mehr als eine halbe Million Unterstützer gelten in der FPÖ als *"deutliches Zeichen und Auftrag"*.

Nur für den Fall, dass die Volksbegehren (es gibt ja auch noch das für die Frauen) trotz vieler UnterstützerInnen zwar im Parlament behandelt, aber doch nur ogschasselt werden sollten.

Und mit den Servern im Ministerium gibt's auch nur Scherereien, weil sie wegen der Volksbegehren die Patschen strecken. Ich vermute, dass es nur zwei Möglichkeiten für die Serverausfälle gibt:

1) Einen unfähigen IT-Verantwortlichen

2) Einen fähigen, weisungsgebundenen IT-Verantwortlichen

Würdest du mir, so unter uns, verraten, welche der Varianten es ist? Weil im ersten Fall könnte ich dir helfen. Ich kenne da jemanden, der das locker in den Griff kriegen würde.

Eine letzte Frage habe ich noch für heute: die Behinderten (im Wienerischen oftmals als *"arme Krüppel"* bezeichnet) werden jetzt im Stich gelassen. Weil es kein Geld für sie gibt. Auf *kurier.at* war das unter dem Titel *"Koalition: Besserstellung von Menschen mit Behinderung soll ausgesetzt werden"* zu lesen.

Meinst du, sollen wir die alle am besten zu Opel schicken? Vielleicht bekommen sie ja auch einen schnittigen Insignia geschenkt. Und wenn es Brösel geben sollten, dann können sie den immer noch zu *"marktüblichen Konditionen"* kaufen. Wie die Kira Grünberg.

Würde mich ja interessieren, ob die engagierte Grünberg (Behindertensprecherin der ÖVP mit exzellentem Durchsetzungsvermögen) den Insignia wirklich gekauft hat. In sämtlichen Berichten steht nämlich *"sie hat angekündigt, sie werde ..."*.

Komisch irgendwie. Ich bin mir auch ziemlich sicher, dass ein derartiger Ankauf zumindest in ihrem Wikipedia-Artikel berücksichtigt wäre, meinst du nicht auch? Auf ihrer eigenen Homepage steht darüber auch nix. Vielleicht hat sie es auch einfach nur vergessen, weil sie zu beschäftigt war, sich für die Behinderten einzusetzen. Also das Publizieren des Ankaufs meine ich freilich, nicht den Ankauf selbst!

Jedenfalls freue ich mich zumindest über eines, was dich, die FPÖ und die ÖVP betrifft: ihr seid alle vom gleichen, zuverlässigen, vertrauenswürdigen Schlag. Ihr passt wirklich gut zusammen.

Liebe Grüße,
Cousine Daniela

P.S.: Ich hoffe, ich bekomme wegen der "armen Krüppel" keine Schwierigkeiten hinsichtlich politischer Korrektheit. Über die echauffiert man sich heutzutage ja lieber als über den eigentlichen Inhalt. Aber ich beziehe mich auf ein Stück Kulturgut, das heute wahrscheinlich gar nicht mehr möglich wäre. Ich spreche vom *"Krüppellied"* von Helmut Qualtinger. Hier der Text:

Wenn ich mal trüber Laune bin
Dann geh ich zu die Blinden
Und lache mir den Buckel krumm
Wenn sie die Tür nich finden
Die Lahmen lock ich in ein Haus
Wohl in ein dunkles Gangerl
Schnall ihnen die Prothesen ab
Und spiel mit ihnen Fangerl

Krüppel ham so was Rührendes
Krüppel ham was Verführendes
Wenn ich so einen Krüppel seh
Wird mir ums goldne Wienerherz
So woarm und weh, hallo!

Ein Mädchen ist bedient, o Graus
Am Bäuscherl, sie heißt Stase
Ich beutle stets mein Staubtuch aus
Direkt vor ihrer Nase

Und fängt sie dann zu husten an
Speit Schleim sie und spuckt Blut sie
Sag als perfekter Gentlemann
Ich höflich: "Gutzi, gutzi!"

Krüppel ham so was Rührendes
Krüppel ham was Verführendes
Wenn ich so einen Krüppel seh
Wird mir ums goldne Wienerherz
So woarm und weh, hallo!

Ich sprach zu einem Mägdelein:
"Du hast nur einen Haxen!
Das macht ja nix, sei trotzdem mein
Er wird dir doch nicht wachsen!"
Da bracht sich mir das Mägdlein dar
Im weißen Bettgehege
Der abgehackte Haxe war
Mir durchaus nicht im Wege

Krüppel ham so was Rührendes
Krüppel ham was Verführendes
Wenn ich so einen Krüppel seh
Wird mir ums goldne Wienerherz
So woarm und weh, hallo!

~ ~ ~

20. Februar 2018, Brieferl No.35 – Schwarze Punkte in Klopapier und wärmende Lichterln

Lieber Cousin Herbert,

na da habe ich gestern aber noch geschaut, als mir freundliche Leser die APA-Meldung OTS_20100705_OTS0174 zukommen ließen. Da steht nämlich drinnen, dass deine werte Kollegin Dagmar Belakowitsch im Jahr 2010 gesagt hatte, dass das *"leidige Thema"* Rauchverbot mittels einer Volksabstimmung abzuhandeln sei. Und weiter:

"Wir Freiheitliche sind ohnehin eine Partei, die für Volksabstimmungen eintritt. Ich hielte das auch für einen guten und einen richtigen Weg, weil dann vielleicht auch diese leidige Diskussion einmal zu Ende wäre - dieses ewige Hin und Her."

Das ist also die gleiche Dame, die das Volksbegehren jetzt als unseriös erachtet. Die Ärztin! Okay, ich verstehe, das ist fast 8 Jahre her. Da darf man seine Meinung schon einmal ändern. Und noch wichtiger, damals war man in Opposition, da redet's sich natürlich immer anders.

Ich habe mir gedacht, ich schaue mal, was der Basti eigentlich zu dem allen zu zwitschern hat. Erwartungsgemäß war da wieder nix zu finden. Er scheint sich lieber mit den olympischen Spielen und selbstverständlich den Aussengrenzen zu befassen.

Habe ich eigentlich schon auf irgendeiner Liste schwarze Punkte bekommen? Schwarze Punkte werden ja vor allem in dunklen Zeiten vergeben, wegen des farblichen Zusammenspiels. Ich bin von Grund auf ein positiver Mensch und finde selbst in der dunkelsten Dunkelheit Lichterln. Und das beste ist, dass die Lichterln immer mehr werden.

Für die von euch jetzt plötzlich doch nicht so geschätzten Volksbegehren gibt es aktuell folgende Lichterln:

Dont' smoke – bisher 206.340

Frauenvolksbegehren – bisher mehr als 80.000

Asyl europagerecht umsetzen – bisher mehr als 22.000

Und dann habe ich noch folgendes, wirklich cooles Lichterl gefunden. *ZDF heute* hat darüber berichtet, dass Abschiebungen aus Deutschland rückläufig sind. Und das hellste Lichterl daran ist, dass es immer mehr Piloten und Fluglinien gibt, die Abschiebungen einfach nicht mehr durchführen!

"Die Zahl der Abschiebungen per Flugzeug ist nach Angaben des Innenministeriums im Jahr 2017 gegenüber dem Vorjahr gesunken. Von 23.886 auf 21.904. Immer mehr scheitern in letzter Minute."

2017 ist es ganze 314 Mal vorgekommen, dass sich Pilot und/oder die Fluggesellschaft geweigert hatten, die Flüge durchzuführen.

Und diese Lichterln geben nicht nur Licht ab, sondern auch Wärme. Mit der lassen sich sogar ganze Eisberge schmelzen. Bitte dies deinem eloquenten Kollegen Manfred Haimbuchner auszurichten. Danke.

Liebe Grüße,
Cousine Daniela

P.S.: Weißt du zufälligerweise, wer dem Armin Wolf heute benutztes Klopapier ins Büro geschickt hat? Komisch, dass er das erst jetzt bekommt, seitdem Basti & Bumsti regieren, meinst du nicht auch? Oder wollte der anonyme Absender nur subtil zum Aus-druck bringen, wie beschissen die Stimmung im Land schon ist?

~ ~ ~

21. Februar 2018, Brieferl No.36 – Ein Bundestrojaner ist kein Schaukelpferd, Herbert!

Lieber Cousin Herbert,

reichlich angepapperlt ich bin. Dank eurer neuesten Geniestreiche. Kannst du nicht lieber in München bleiben und dort fröhlich herumreiten, als Österreich in einen Überwachungsstaat zu verwandeln? Denjenigen möchte ich sehen, der sich wegen des *"Sicherheitspaktes"* inklusive Bundestrojaner und Ende des Briefgeheimnisses jetzt subjektiv sicherer fühlt.

Weil ich den Eindruck habe, dass du IT-technisch nicht ganz so firm bist, lass dir bitte hier gesagt sein: Ein Bundestrojaner ist kein hölzernes Schaukelpferd im Bundesdienst, Herbert!

Letzten Sommer wusstest du das noch und hast dich auch klar ausgedrückt:

"Der geplante Einsatz des Bundestrojaners, der nicht nur die Kommunikation des Verdächtigen, sondern auch die Überwachung aller Daten am Gerät beziehungsweise der Daten auf den Geräten eines Dritten ermöglicht, sei weit über das Ziel schießend."

Was ist passiert? Amnesie? Demenz? Oder einfach Ministeritis?

Ich bin jedenfalls so angepapperlt von der ganzen Regierung, dass ich mir gedacht habe, ich starte jetzt auch ein Volksbegehren. Dieses würde rechtskonform eine durch Bundesgesetz zu regelnde Angelegenheit betreffen, nämlich die Schaffung eines Gesetzes, mit dem der Nationalrat gemäß Artikel 29 (2) B-VG vor Ablauf der Gesetzgebungsperiode seine Auflösung beschließt.

Also quasi ein *"Basti & Bumsti Go Home"*-Volksbegehren. Ich würde es freilich professioneller formulieren.

Also habe ich mir die näheren Voraussetzungen angeschaut, damit das Volk auch wirklich begehren kann. Ich verstehe, dass man ein Mindestmaß an Unterstützungserklärungen braucht, damit man ein solches Begehren dann richtig starten kann. Im Gesetz steht, dass ein Promille der Bevölkerung Unterstützungserklärungen abgeben muss.

So weit, so gut. Dann habe ich jedoch geringfügige Gründe gefunden, wegen derer ich vermutlich doch nicht begehren kann.

<u>Einbringung der Anmeldung:</u> §3 (3) Zi. 5.: eine Bestätigung über die Einzahlung eines Kostenbeitrags in der Höhe von 500 Euro auf ein Konto des Bundesministeriums für Inneres.

<u>Druckkostenbeitrag:</u>   §9 (2) Der Bevollmächtigte hat an den Bund einen Kostenbeitrag für die für die Durchführung des Volksbegehrens in der Höhe von 2 250 Euro zu entrichten.

<u>Zuleitung des Volksbegehrens an den Nationalrat:</u> §17 (2) Gleichzeitig ist auf das entsprechend § 3 Abs. 7 Z 3 bekanntgegebene Bankkonto ein Betrag in der fünffachen Höhe des gemäß §9 Abs. 2 geleisteten Kostenbeitrags sowie des gemäß §3 Abs. 3 Z 5 geleisteten Kostenbeitrags zu überweisen.

Das muss man sich bildlich vorstellen, dass die Zuleitung an den Nationalrat alleine 13.750 Euro kostet! Sind diese Zuleitungen vergoldet? Oder sind das die selben schlappen Leitungen, die auch für die aktuellen Volksbegehren zuständig sind? Gesamter Kostenbeitrag (nur für die Bürokratie!) sind also 16.500 Euro!

Ein echtes Schnäppchen sozusagen. Aber ich verstehe das natürlich, es soll ja nicht jeder einfach begehren können. Wo kämen wir denn da hin …

Liebe Grüße,
Cousine Daniela

~ ~ ~

23. Februar 2018, Brieferl No.37 – Herzige Figuren

Lieber Cousin Herbert,

gestern Abend habe ich mich so gefreut, weil ich dich wieder einmal im Fernsehen bewundern durfte. Irgendwie hatte ich nur leider den Eindruck, dass du dich gar nicht richtig wohl gefühlt hast. Du hast sehr unentspannt, beinahe angefressen und, ich möchte sagen, fast aggressiv gewirkt. Das liegt sicher an der Ministerrolle, die ja nicht ganz so gemütlich ist, wie die Opposition. Oder vielleicht daran, dass du nicht mit dem Armin Wolf reden durftest?

Mir sind da ein paar Fragen zu deinen Themen eingefallen ...

Zum Thema Überwachungspaket, das du als Sicherheitspaket, nein sogar als Schutzschirm für die Bevölkerung, als Firewall gegen die schwere Kriminalität verscherbeln wolltest:
Warum ist eigentlich die Kriminalstatistik 2017 immer noch nicht da? Probleme bei der Datenverknüpfung? Und warum wurden in der Kriminalstatistik 2016 Playmobilfiguren zur Einleitung der jeweiligen Kapitel verwendet? Muss man da eigentlich Lizenzgebühren an Playmobil zahlen? Herzig sind diese Figuren ja.

Irgendwie habe ich doch den Eindruck, dass die Bevölkerung diese ganzen Überwachungsmaßnahmen nicht ganz so versteht, wie du es sicherlich gemeint hast. Hast du gewusst, dass es schon wieder eine Demo geben wird? Dieses Volk ist renitenter als vermutet, das muss ich sagen.

Am Montag, 26. Februar 2018 wird diese Demo stattfinden und zwar um 18:00 vor dem Bundeskanzleramt. Ob der Basti da schon wieder aus Brüssel zurück sein wird? Ich habe ihn auf Twitter gesehen. Mei, er hat richtig gestrahlt, dass er jetzt nach Brüssel darf. Richtig herzig war er. Obwohl ja manch einer die Rolle eines Bundeskanzlers durchaus nicht nur im Herumreisen sieht.

Aber das sind wahrscheinlich die daheimgebliebenen Neider.

Was ich ja auch eigenartig finde ist das Thema mit den Volksbegehren. Ich bin übrigens gerade dabei, meine Idee mit dem *"Basti & Bumsti Go Home"* - Volksbegehren genau prüfen und vorbereiten zu lassen. Da müsste ich dich dann im Innenministerium besuchen kommen, wenn es um die offizielle Übergabe geht. Ich würde eh rechtzeitig schreiben, weil es wäre schade, wenn du dann verhindert wärst.

Der Gernot Blümel, Kanzleramtsminister der ÖVP, hat in der ZIB1 am 21. Februar 2018 folgenden Satz von sich gegeben, der mich ein wenig irritiert: *"Aber einen weiteren direktdemokratischen Schritt wollen wir erst nach einer Einübungsphase, eben wie im Koalitionspakt vereinbart, gegen Ende der Periode gehen."*.

Er meinte damit, dass die Volksabstimmungen erst am Ende der Basti & Bumsti-Legislaturperiode (so sie denn 5 Jahre dauert) vorgesehen sind. Das verstehe ich, das Beste kommt immer zum Schluß.

Bis dahin hat das dümmliche Wahlvolk die Sauereien aus der Anfangsphase vermutlich auch schon wieder vergessen.

Nur was bitte meint er mit *"Einübungsphase"?* Was muss denn da geübt werden? Das Abhalten von Volksabstimmungen? Da gab es doch schon zwei! Oder müssen eure Server erst *"wie tue ich das, wofür ich mit Steuergeld gekauft wurde"* üben?

Aber wenigstens meldet sich dein Chef wieder zu Wort und schiebt den schwarzen Peter dem jetzt türkisen Basti zu. Eh will er Volksabstimmungen, nur der Basti will ja wieder einmal nicht mitspielen! Ich habe den Eindruck, dass sich der Bumsti das Abhalten einer Volksabstimmung ähnlich wie die Herstellung eines Gebisses vorstellt.

Da werden auch alle Zähne zusammengefasst, zu einer Brücke oder eben gleich zu einem ganzen Klapperl.

"Wenn, dann solle das Volk gleich in einem ganzen Paket zu mehreren Themen abstimmen - wie Rauchen, Tempo 160, CETA/TTIP, ORF-Zwangsgebühren und Schuldenunion", sagte er fröhlich, eventuell weil zufällig in Tirol am Sonntag Landtagswahlen stattfinden.

Wie darf man sich das vorstellen? Muss man dann für oder gegen alles stimmen? Oder bekommt man eine Liste und darf zu jedem Thema anders entscheiden? Oder gibt es vielleicht vorgeschlagene Pakete – zB Rauchen und 160 nein, dafür aber CETA und ORF ja?

Und wieso sagt er das plötzlich jetzt, wo er doch sonst immer sagt, das Regierungsprogramm gehe ihm über alles? Und da steht ja drinnen:

Seite 124: *"Im Sinne der unternehmerischen Freiheit dürfen Gastronomiebetriebe weiterhin Raucherbereiche anbieten."*

Seite 141: *"Ratifizierung und Umsetzung des am 18.10.2016 im Ministerrat und in weiterer Folge am 30.10.2016 von der Europäischen Union und Kanada beschlossenen Handelsabkommens CETA."*

Ich finde es ja herzig, dass er sich jetzt, da der Basti endlich außer Landes ist und am Sonntag die Tiroler Wahlen sind, so bumbastisch weit aus dem Fenster lehnt.

Die Frage ist nur: wann werden Eure Wähler endlich erkennen, dass ein Fähnchen im Wind gegen den HC Strache noch nicht einmal ein Flatus in Silva ist?

Liebe Grüße,
Cousine Daniela

~ ~ ~

24. Februar 2018, Brieferl No.38 – Wenn sich die Überwachung und ein Blog in Rauch auflösen

Lieber Cousin Herbert,

oftmals frage ich mich, ob hinter so mancher Diskussion geniale Strategie zwecks Ablenkung oder doch schlichtes Unvermögen, im Volksmund auch Blödheit genannt, steckt. Getreu dem Motto *"Unter der kleinsten Ministerialdeck'n kann der größte Depp steck'n"*.

Auf *derstandard.at* habe ich unter dem Titel *"Strache und Kurz machen jeweils anderen für Raucherschlamassel verantwortlich"* gelesen, dass die vielzitierte Harmonie in der Koalition offenbar erste Risse bekommt. Also muss ich mich notgedrungen jetzt mal kurz mit dem Rauchverbot beschäftigen. Hier eine kurze Chronologie zum Gesetz selbst.

Am 08. Juli 2015 wurde ein Entschließungsantrag im Nationalrat beschlossen. Was so eine Entschließung ist, steht im Art. 52 (1) B-VG: *"Der Nationalrat und der Bundesrat sind befugt ... ihren Wünschen über die Ausübung der Vollziehung in Entschließungen Ausdruck zu geben."* Lustig lustig, denn diese Entschließung hatte die *"gewerberechtliche Regelung von Raucherzonen im Freien"* zum Thema. Finde ich gut, denn so wie es in dem Antrag steht, sollte Rechtssicherheit geschaffen werden, damit die Gastronomen nicht in Schwierigkeiten geraten.

Wörtlich steht geschrieben *"Das Rauchverbot wird ab 1. Mai 2018 inkrafttreten. In Zukunft werden Raucherinnen, wie in allen Ländern, die das umfassende Rauchverbot umgesetzt haben, im Umfeld von Gastronomiebetrieben im Freien rauchen. Durch eine Konkretisierung einer Raucherzone soll Rechtssicherheit ermöglicht werden"*.

Dieser Entschließungsantrag wurde am gleichen Tag beschlossen, an dem auch das Rauchverbot selbst beschlossen wurde. Das Rauchverbot passierte den Nationalrat mit den Stimmen der SPÖ, der ÖVP und der Grünen. Also wichtig zur Erinnerung: Die ÖVP war dafür!!!

Jetzt kommt der Clou an der Sache mit dem Entschließungsantrag! Wer hat für diesen Antrag gestimmt? SPÖ, ÖVP, Grüne, Team Stronach und - die FPÖ!

Kalkül? Wenn Kalkül, auf welcher Grundlage? Aber vielleicht ist das auch einfach die hohe Kunst der Politik, die Krethi und Plethi, wie ich eben, nicht verstehen. Und jetzt beschwert sich der Basti, dass die Beibehaltung des Rauchens Koalitionsbedingung für die FPÖ war.

Glaubst du, hatte er bei den Koalitionsverhandlungen vergessen, dass seine Partei doch für das Rauchverbot gewesen war? Das wäre schon eine ausgeprägte Form von Kanzleritis, oder?

Zur eventuellen Volksabstimmung wegen des Rauchverbots sind mir übrigens zwei Dinge eingefallen:

1) Die Kosten für eine solche Volksabstimmung belaufen sich laut Experten auf etwa zehn bis fünfzehn Millionen Euro. Nachzulesen auf derstandard.at unter dem Titel *"Ausbau der direkten Demokratie kann die Republik teuer kommen"*.
Geld für die Behinderten, Mindestsicherungsbezieher und Arbeitslosenversicherung haben wir nicht, aber für eine Volksabstimmung wegen Kanzleritis?

2) Warum will dein Chef eigentlich nur über Tempo 160, ORF-Gebühren usw. abstimmen lassen, aber eben nicht über das Überwachungspaket? Zu unpopulär? Oder geht dieses Thema das dumme Wahlvolk nix an?

Irgendwie habe ich jedenfalls den Eindruck, dass dieses ganze Gschisti-Gschasti wegen des Rauchverbots nur zur Ablenkung dient, damit die Bevölkerung sich nicht weiter um das Überwachungspaket kümmert. Und um andere Dinge.

Zu guter Letzt will ich dir noch etwas Witziges erzählen. Wir alle durften doch in letzter Zeit so viel lernen, über die lustig kostümierten Männchen, die so gerne fechten. Nein, es gibt keine Neuverfilmung der *"Vier Musketiere"*, ich meine diese Burschenschaften.

Eine engagierte Leserin hat mir einen Link zum Blog dieser Burschenschaft Bruna Sudetia zugeschickt, weil sie es nicht in Ordnung fand, wie dort über den Rainhard Fendrich berichtet wird. Ich mag den Fendrich.
Was wäre meine Jugend ohne *"Strada del sole"* oder *"Gustav ans an Gustav zwa, wir moch'n heit a Razzia"* gewesen. Aber ich schweife ab.

Ich habe den Link zum Blog der Bruna Sudetia aufgerufen und siehe da – pfutsch, weg. Komisch, dass immer wieder ganze Seiten und Beiträge verschwinden.

Nun kenne ich zufällig jemanden, der sich gut auskennt in IT-Angelegenheiten. Den hätte ich dir auch zur Lösung der Serverprobleme in deinem Ministerium empfohlen, aber du wolltest ja nicht. Und siehe da, ich konnte den von der Leserin genannten Blogbeitrag in einem Archiv ausmachen.

Aktuell gibt es auf der Webseite der Bruna Sudetia nur noch die Menüpunkte *"Mitglied werden"*, *"Wohnen"*, *"Kontakt"* und *"Geschichte"*. Der mittlerweile gelöschte Blogbeitrag zu Rainhard Fendrich fand sich im Archiv noch unter dem Menüpunkt *"Beiträge"*.
Ich verstehe überhaupt nicht, warum der Eintrag gelöscht wurde. Sie hatten Fendrich aufgrund eines Interviews mit dem Titel *"Fendrich wird wieder laut"* mit *oe24.at* zitiert:

"Eine Jugendsünde ist, wenn man einmal einen Radiergummi stiehlt oder in der Straßenbahn schwarz fährt. Aber nicht, in einer Burschenschaft zu sein. Denn mit 20 weiß man, was man tut!"

Und hatten dieses Zitat wie folgt leidenschaftlich kommentiert: *"Da müssen wir Fendrich zustimmen. Burschenschaft ist keine Jugendsünde, sondern ein Lebensbund, gebaut auf stabilen, demokratischen, national-freiheitlichen Grundwerten, der Freundschaften ein Leben lang hegt und pflegt."*

Warum wurde denn dieser Blog gesamt gelöscht? Hast du zufälligerweise nähere Informationen? Ach nein, pardon, ich vergaß. Ihr habt ja mit Burschenschaften in dem Sinn nix zu tun. Ihr beschäftigt nur deren Mitglieder.

Liebe Grüße,
Cousine Daniela

~ ~ ~

27. Februar 2018, Brieferl No.39 –   Mit *"Troja Quest"* nach Schasklappersdorf

Lieber Cousin Herbert,

gestern konnte ich leider kein Brieferl schreiben, weil ich eine Freundin aus Schulzeiten zu Besuch hatte. Sie war extra mit dem Flugzeug aus Schottland angereist, damit wir endlich wieder einmal genug Zeit zum Tratschen haben. Ich reise ja auch oft mit dem Flugzeug. Da habe ich so darüber nachgedacht, wie es wohl wäre, wenn Österreich ein Flugzeug wäre ...

Grundsätzlich gehe ich als Flugpassagier davon aus, dass sich die Fluglinie um alles Wichtige kümmert. Also dass der Flieger ordentlich gewartet ist und nicht bei der kleinsten Windböe auseinanderbricht. Kühn wie ich bin, erwarte ich sogar, dass genug Treibstoff an Bord ist. Und dass ich an das Ziel komme, für das ich gebucht habe, liegt sowieso auf der Hand.

Ich stelle mir den Basti als Piloten und den Bumsti als Copiloten vor. Da haben wir Passagiere einen Flug in den Süden gebucht, um gemütlich mit unseren Familien am sonnigen Strand zu spielen. Nicht zu heiß, nicht zu kalt, gerade angenehm. So dass sich alle, bis auf die ewigen Querulanten, denen eh nie was passt, wohlfühlen können. Ein paar wenige sitzen in der Business Class, der Rest ist Holzklasse.

Kurz nach dem Start werden die Luftbegleiter ausgeschickt. Als erste Maßnahme werden einigen Passagieren aus der Holzklasse die Schwimmwesten unter den Sitzen weggeräumt und die Sauerstoffmasken aus den oberen Fächern gerissen. Aus Einsparungsmaßnahmen. Und weil es ja eh nur die betrifft, von denen man sagt, sie hätten sich irgendwie durchgeschummelt oder die einer gewissen kleinen Gruppe angehören, regt sich der Rest der Holzklasse auch nicht auf.

Sie sind ja eh versorgt, für den Fall, dass etwas passiert. Ein paar aufmerksame Holzklässler bemerken, dass die Schwimmwesten und

Sauerstoffmasken in die Business Class geliefert werden. Es mutet eigenartig an, denn die haben es ohnehin nicht nur viel bequemer, sie haben doch bereits ihre eigenen Fallschirme. Nun gut, die Flugbegleiter werden schon wissen, was sie machen. Wir sind ja doch nur die dummen Passagiere.

Wir befinden uns noch immer im Steigflug, als eine Durchsage von Kapitän Basti kommt. Er ist ja so fesch, dieser junge Kapitän. Und wie gescheit er geredet hat, als er uns an Bord begrüßt hat. Wenn man dem nicht vertrauen kann, wem dann.

"Zuerst einmal Danke, dass Sie mit Basti und Bumsti fliegen. Fliegen ist aus meiner Sicht eine gute Möglichkeit, irgendwohin zu kommen. Wir haben immer gesagt, dass wir Reiseziele neu bewerten müssen. Daher haben wir die geplante Südflugroute geschlossen und fliegen jetzt nach Norden! Schasklappersdorf an der Banane scheint mir ein geeignetes Ziel zu sein, damit alle von der Nordflugroute profitieren können. Danke für Ihre Aufmerksamkeit!"

Wir Holzklässler hören den Applaus aus der Business Class. Die müssen was wissen, was wir nicht wissen. Rumoren breitet sich bei uns aus, aber dann ertönt wieder der Lautsprecher. Diesmal spricht der Copilot Bumsti zu uns, der ist auch recht fesch und wirkt außerdem unglaublich seriös, weil er eine Brille trägt.

"Wir hatten zwar ursprünglich einen Nichtraucherflug vereinbart, aber weil wir niemanden diskriminieren wollen, wünsche ich viel Freude beim Tschicken."

Ein paar der Holzklässler wollen gerne mit den anderen die Kursänderung und die dubiose Umverteilung der Schwimmwesten und Sauerstoffmasken diskutieren. Leicht haben sie es nicht, denn zwischen denen, die sich bereits ein Zigaretterl angezündet haben und jenen, die sich dadurch belästigt fühlen, ist ein heftiger Streit entbrannt.

So kümmert sich auch kaum jemand darum, als der Chefflugbegleiter Herbie erzählt, dass auf Anweisung des Pilotenteams eine App namens *"Troja Quest"* auf allen Smartphones aller Passagiere installiert wurde. Diese kann nämlich verhindern, dass unser Flugzeug wegen terroristischer oder extremistischer Machenschaften Opfer einer derartigen Bedrohung wird. *"Troja Quest"* ist spitzenmäßig, weil es jede Aktivität seines Benutzers umgehend an das Pilotenteam meldet, damit es zu keiner Bedrohung aus den eigenen Reihen kommen kann.

Der Rauch legt sich langsam, es kehrt wieder Friede unter den Passagieren ein. Wir stellen fest, dass wir zwar den allgemeinen Geschäftsbedingungen notgedrungen zugestimmt haben, wir jedoch mit dem Service absolut unzufrieden sind. Ein kleines Grüppchen wird losgeschickt, um dem Pilotenteam zu verklickern, dass das so nicht geht. Der junge fesche Basti hüllt sich in Schweigen und Bumsti beschuldigt den Basti. Wir bemerken, dass wir deren Machenschaften hilflos ausgeliefert sind. Wir akzeptieren das nicht, suchen uns Piloten aus den eigenen Reihen und ersetzen das Team. Trotz des Umwegs schaffen wir die Kehrtwende und landen planmäßig im Süden.

Das könnte so sein, meinst du nicht auch?

Als Holzklässlerin hatte ich doch letzte Woche vom ersten Schritt zur Kurskorrektur geträumt. Einem Volksbegehren für ein Gesetz zur Auflösung des Nationalrates. Nun war ich mir nicht sicher, ob dies aus rechtlicher Sicht möglich ist. Weil die Idee fast zu simpel erschien. Auch wenn ich weiß, dass ein Volksbegehren ab 100.000 Stimmen nur im Nationalrat *"behandelt"* werden muss. Aber wenn es ganz viele wären, die unterzeichnen, das wäre schon ein gewaltiges Zeichen.

Im Gegensatz zu vielen Mitgliedern dieser Regierung verfüge ich ja über eine recht gute Bildung.

Die hilft nicht nur dabei, viele Dinge zu wissen, sondern – und das ist wahrscheinlich noch wichtiger – auch dabei, zu wissen, was man alles nicht weiß. Je ungebildeter die Leute sind, desto eher glauben sie, ganz viel zu wissen. Ein eigenartiges Phänomen ist das.

Ich studiere seit Oktober wieder. Obwohl ich schon ein Wirtschaftsstudium abgeschlossen habe und schon 47 Jahre alt bin. Und das Wissen, das ich mir als aufmerksame und interessierte Studentin der Rechtswissenschaften bereits angeeignet habe, ist echt nicht schlecht, aber halt noch nicht ganz fundiert.

Und so habe ich mir gedacht, ich bin kühn und schreibe einen Juristen an, den ich als DEN Verfassungsjuristen in Österreich bezeichnen möchte. Unglaublich gebildet und erfahren in der Materie, dazu noch richtig klug. Bildung und Klugheit muss ja nicht immer Hand in Hand gehen, aber bei ihm tun sie das sehr wohl. Und er hat mir tatsächlich geantwortet, der Heinz Mayer. Und er hat mir bestätigt, dass meine Idee rechtens ist: Ein Volksbegehren zur Absetzung dieser Regierung ist legal und möglich! Er hat mich freundlicherweise noch auf Folgendes hingewiesen:

"Dass die Bundesregierungen stets nach einer Nationalratswahl dem Bundespräsidenten ihren Rücktritt anbieten, ist rechtlich nicht zwingend, sondern Höflichkeit, um dem Bundespräsidenten - ohne die Regierung entlassen zu müssen - die Neubestellung einer Bundesregierung zu ermöglichen, die den aktuellen Mehrheitsverhältnissen entspricht."

Meinst du, wäre DIESE Regierung denn so höflich?

Liebe Grüße,
Cousine Daniela

~ ~ ~

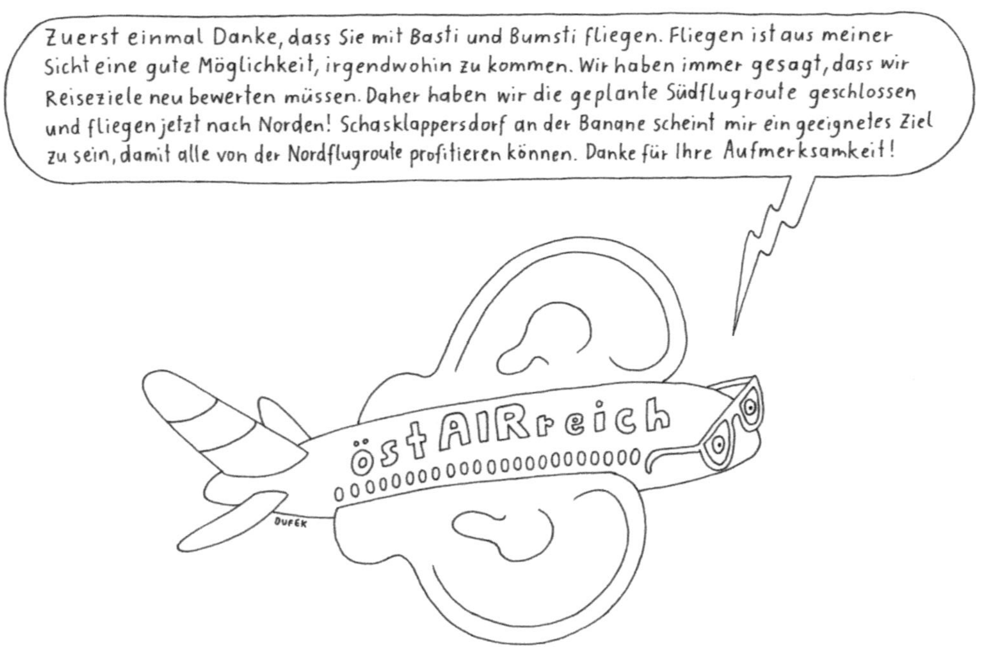

Zuerst einmal Danke, dass Sie mit Basti und Bumsti fliegen. Fliegen ist aus meiner Sicht eine gute Möglichkeit, irgendwohin zu kommen. Wir haben immer gesagt, dass wir Reiseziele neu bewerten müssen. Daher haben wir die geplante Südflugroute geschlossen und fliegen jetzt nach Norden! Schasklappersdorf an der Banane scheint mir ein geeignetes Ziel zu sein, damit alle von der Nordflugroute profitieren können. Danke für Ihre Aufmerksamkeit!
östAIRreich
DUFEK

28. Februar 2018, Brieferl No. 40 – Die Würde des hohen Hauses

Lieber Cousin Herbert,

heute hast du mir schon wieder leid getan. Da schwingst du im Parlament eine beschauliche Rede darüber, wie sich die Kriminalität weiter entwickelt und dass alle Überwachungsmaßnahmen nur ein Schutzschirm für die Bevölkerung sind.

Und was machen diese dreisten Abgeordneten der Liste Pilz? Marschieren mit Herbie-Kickl-Masken und Kameraattrappen herum und rollen ihre Transparente mit *"Nein zur Überwachung"* aus.

Du hast es wirklich nicht leicht als Minister. Umso herziger habe ich es gefunden, dass dir der Nationalratspräsident Wolfgang Sobotka gleich zu Hilfe geeilt ist. Ich habe mich an Schulzeiten erinnert gefühlt. Da wurde der Klassensprecher auch manchmal zum Klassenvorstand zitiert. Wie im Parlament die Klubobleute zum Präsidenten. Und im Hintergrund lacht der eine oder andere Abgeordnete verstohlen. Das war bei uns in der Schule auch immer so. Besonders heimlich haben immer die gelacht, die selber gerne bei einer coolen Aktion dabei gewesen wären, aber den Mut dazu nicht finden konnten.

Was ich aber eigenartig gefunden habe war, dass die Aktion vom humorlosen Präsidenten unmittelbar beendet worden war, weil *"die Würde des hohen Hauses"* wiederherzustellen sei.

Sagt also ein Mitglied jener Partei, die 2015 für ein Rauchverbot in Gastronomie gestimmt und dies, übrigens auch heute, wieder zurückgenommen hat. Ist das die Würde der Volkspartei / Liste Kurz?

Sagt also das Mitglied jener Partei, die ihr gesamtes Handeln auf christlich-sozialen Werten aufbaut und dann die Menschen in die Armut treibt (Anm.: Arbeitslosengeld Neu, Streichung des Erwachsenenschutzgeldes, Sparen bei AMS-Leistungen)?

Interessant jedenfalls, dass zwar die *"Würde des hohen Hauses"* von immenser Bedeutung zu sein scheint, die Würde des einzelnen Österreichers aber nicht.

Nun ja, wir haben es bereits besprochen, das lässt sich hoffentlich ändern.

Ich arbeite übrigens gerade an einem schönen Titel für das neue Volksbegehren. Unser bisheriger Arbeitstitel *"Basti & Bumsti Go Home"* für das Volksbegehren sagt zwar alles, ist aber offiziell leider nicht zu gebrauchen. Weil §3 (3) Zi. 2 des Volksbegehrensgesetzes besagt, dass die Kurzbezeichnung eines Volksbegehrens höchstens drei Worte umfassen darf.

Wir müssen also einen neuen Titel finden. Und am besten einen, der schon auch die Ernsthaftigkeit des Anliegens impliziert. Weil wir meinen es ja ernst, auch wenn wir alles humorig nehmen. Das machen wir ja nicht deshalb, weil alles so lustig ist, sondern um nicht gänzlich zu verzweifeln. Ich habe mir bisher folgende Vorschläge überlegt:

- Nein zu türkis-blau
- Nein zu Kurz-Strache
- Wir sind Österreich
- So sicher nicht!
- Gemeinsam zur Wende
- Die Notbremse ziehen
- Für unsere Zukunft
- Hört die Signale
- Zurück zur Zukunft

Und dank der Inspiration von *"Daham statt Islam"*:
- Würde statt Bürde
- Sozial statt Neoliberal

Wenn dir ein Vorschlag einfallen sollte, du weißt ja, wo du mich findest!

Liebe Grüße,
Cousine Daniela

~ ~ ~

1. März 2018, Brieferl No.41 – Keine Gastfreundschaft mit Krethi und Plethi

Lieber Cousin Herbert,

dieses fade Thema Rauchverbot – ich muss es noch einmal aufgreifen, weil ich glaube, ich weiß jetzt, warum der Bumsti so dagegen ist.

Dazu muss ich jetzt ein bisschen ausholen. Als Raucherin sowie gelernte Wienerin war ich wenig amüsiert, als ich feststellen musste, dass in Irland in keinem einzigen Restaurant oder Pub geraucht werden darf. Nicht einmal irgendwelche Hinterkammerln gibt es. Man muss tatsächlich vor das jeweilige Lokal gehen. Sehr ungemütlich, um nicht zusagen, eine Zumutung. Das waren meine ersten Gedanken.

Nun gewöhnt man sich aber nicht nur relativ schnell daran, sondern im Gegenteil habe ich sehr schnell die Vorteile einer derartigen Regelung ausgemacht. Zum einen stinken ich und mein Gewand nach einem Restaurantbesuch nicht mehr nach Rauch. Das ist mehr als nur angenehm. Zum anderen ist das Rauchen vor der Türe immer gepaart mit neuen Bekanntschaften. Da trifft man irgendwelche Menschen, mit denen man sonst wohl nie Kontakt hätte und kann mit denen gemütlich tratschen.

Und ich vermute, das ist der Grund für den Bumsti, warum er das nicht will. In den vielen Jahren, die ich für den Magistrat der Stadt Wien gearbeitet habe, war ich ganz in der Nähe vom Parlament stationiert. Und konnte eine interessante Entdeckung machen.

In beinahe jeder Mittagspause, die ich mangels hauseigener Kantine in einer der zahlreichen Essstuben in der Nähe verbrachte, habe ich irgendwelche Abgeordnete aus dem Parlament gesehen.

Alle machten entweder einen gestressten Eindruck, wenn sie gerade am Weg irgendwo hin waren. Oder einen entspannten Eindruck, wenn sie gerade selbst beim Essen waren. Eines hatten alle gemein – sie waren entweder alleine oder zu zweit mit einem Kollegen unterwegs.

Bis auf einen. Der grinste zwar wohlwollend in die Menge der im Gastgarten der Parlamentskantine essenden Angehörigen des gemeinen Fußvolkes, war aber umringt von großen, kräftigen und grimmig dreinblickenden Herren.

Das ist es also! Weil sich der Bumsti nicht (mehr) alleine unter Krethi und Plethi zu mischen wagt, wird jetzt doch nicht vor den Gastronomiebetrieben geraucht!

Den ultimativen Erklärungsvogel zum Thema *"FPÖ und Rauchverbot"* hat aber doch die Frau Beate Hartinger-Klein abgeschossen. Die *"Gesundheitsministerin"!* Die mit Gastfreundschaft gegen das Rauchverbot argumentiert! Also noch dümmer geht es ja wohl kaum.

Irland ist beispielsweise sehr gastfreundlich, die Lokale sind gesteckt voll und trotzdem wird drinnen nicht geraucht. Das funktioniert wirklich! Der Matthias Strolz von den Neos hat sie aber eh sehr schön daran erinnert, welches Ressort sie eigentlich inne hat.

"Frau Gesundheitsministerin, was ist mit Ihnen? Das ist eine Entscheidung auf Leben und Tod und da kann man noch so viel mit den Augen rollen wie man will. Das, was Sie hier machen, ist verantwortungslos und das wissen Sie auch genau!"

Weiters muss ich nochmals daran erinnern, dass die FPÖ für die gewerberechtliche Regelung von Raucherzonen im Freien gestimmt hat! Am 8. Juli 2015!

Aber wir wissen ja eh genau, dass an dem ganzen Ungemach nur der unter extremer Kanzleritis leidende Basti schuld ist. Stell dir nur vor, der Basti hat jetzt auch Post bekommen!
Nein, nicht von mir, von Journalisten aus Deutschland!

Ich muss zugeben, dass ich das ganz schön peinlich finde. Jetzt müssen sich schon deutsche Journalisten hinsetzen und ein Brieferl schreiben, damit der Österreichische Bundeskanzler endlich weiß, was er zu tun hat!

~

Hanns Joachim Friedrichs Preis
für Femsehjoumalismus e.V.
- Der Vorstand -
c/o Prof. Dr. Claus Richter
Pfalzburger Str. 11
10719 Berlin

28. Februar 2018

Offener Brief
An
Herrn Sebastian Kurz
Bundeskanzler der Republik Österreich
Ballhausplatz 2
1010 Wien
Österreich

Sehr geehrter Herr Bundeskanzler,
mit großer Sorge beobachten wir die Angriffe von Politikern Ihres Koalitionspartners FPÖ auf unabhängige Journalisten und den öffentlich-rechtlichen Rundfunk ORF in Ihrem Land. Bestürzt sind wir über das Facebook-Posting lhres Vertreters im Amte des Bundeskanzlers, Heinz-Christian Strache, in dem er den ZiB2-Nachrichtenmoderator und Hanns-Joachim-Friedrichs-Preisträger Armin Wolf mit Lüge und Propaganda gleichsetzt und hunderte Journalistinnen und Journalisten des ORF als Propagandisten und Produzenten von Falschmeldungen verleumdet.

Das Machwerk dieses Postings als Pranger sowie sein denunziatorischer Inhalt verletzen die Grenzen politischen Anstands im Umgang mit freier Presse und unabhängigen Medien. Der Versuch des Vizekanzlers der österreichischen Regierung, den persönlichen Ruf von Journalisten zu beschädigen und deren Glaubwürdigkeit zu untergraben, verstehen wir als einen Angriff auf einen der wichtigsten Grundwerte demokratischer Ordnung, die Pressefreiheit. Er gleicht den Methoden der ungarischen und polnischen Regierung, durch Druck und Diffamierung die Unabhängigkeit der öffentlich-rechtlichen Rundfunk- und Fernsehanstalten einzuschränken,

Sehr geehrter Herr Bundeskanzler, Sie haben sich in Deutschland mit Ihren offenen Worten in Interviews und Fernsehdiskussionen einen Namen gemacht. Umso mehr verwundert uns Ihre Zurückhaltung in diesem für die Meinungs- und Pressefreiheit eines europäischen Landes so wichtigen Fall.

Wir hoffen sehr, dass es in Wien einen Ort gibt, an dem pressefeindlichen und demokratieschädlichen Attacken durch österreichische Regierungsvertreter deutlich Einhalt geboten wird. Vielleicht ist dieser Ort ja das Bundeskanzleramt am Ballhausplatz.

Mit freundlichen Grüßen, für den Vorstand
Prof. Dr. Claus Richter

Nikolaus Brender, Journalist, ehem. Chefredakteur ZDF
Maybrit Illner, Fernsehmoderatorin ZDF
Prof. Jurgen Flimm, Intendant Staatsoper Berlin
Petra Gerster, Nachrichtenmoderatorin Heute ZDF
Dr. Claus Kleber, Journalist, Nachrichtenmod. Heute Journal ZDF
Theo Koll, Auslandskorrespondent ZDF
Wolf von Lojewski, Journalist, ehem. Mod. Heute Journal ZDF
Stephan Lamby, Journalist, Autor, Produzent
Eva Muller, Fernsehjournalistin, Buchautorin
Frank Plasberg, Journalist, Fernsehmoderator ARD

Prof. Fritz Pleitgen, ehem.Prasident EBU (Europaische Rundfunkunion), IntendantWDR

Christina Pohl, Journalistin, Spiegel TV

Volker Skierka, Journalist

Marietta Slomka, Journalistin, Nachrichtenmoderatorin Heute Journal ZDF

Denis Scheck, Journalist, Literaturkritiker ARD

Anne Will, Fernsehjournalistin ARD

Ulrich Wickert, Buchautor, ehem. Moderator Tagesthemen ARD

Thomas Roth, Journalist, ehem.Moderator Tagesthemen ARD

~

Jö schau, was ich auch noch gerade und ganz aktuell gefunden habe. Da müssen die von dieser grauslichen Webseite *unzensuriert.at* jetzt Entschädigung wegen übler Nachrede an die Renate Brauner zahlen. Schade, dass die Höhe der Entschädigung nicht dabei steht. Das hätte mich sehr interessiert. Aber der ehemalige Chefredakteur von denen, ein gewisser Alexander Höferl, ist doch dein *"Fachreferent für operative Kommunikation"*, korrekt? Hast du eigentlich gewusst, dass die Inhalte dieser bizarren Webseite *"zum Teil äußerst fremdenfeindliche und antisemitische Tendenzen aufweisen"*? So steht es im Wikipedia-Artikel zu *unzensuriert.at.*

Ich wollte es nur gemeldet haben, weil ihr doch immer sagt, dass ihr gerade mit Antisemitismus nix am Hut habt!

Liebe Grüße,
Cousine Daniela

~ ~ ~

2. März 2018, Brieferl No.42 – Ehrenzeichen, Cojones erster Güte und saure Äpfel

Lieber Cousin Herbert,

immer wieder stelle ich erstaunt fest, welche Politiker mit Ehrenzeichen für Verdienste um die Republik Österreich ausgezeichnet wurden. Jedoch scheint es sich bei der Verleihung solcher Orden mehr um einen Automatismus zu handeln, als um wirkliche und wahrhafte Verdienste.

Zumindest, wenn es um Politiker geht. Da dürfte es ausreichen, lange genug einen Sessel im Parlament angewärmt zu haben.

So habe ich mir gedacht, ich führe jetzt auch ein Ehrenzeichen ein. Eine Art *"Oscar für herausragende Leistungen"*. Der Oscar ist nicht nur ausnehmend cool, er hat auch einen ungeliebten Gegenspieler, die Himbeere. Jedes gute Drama hat ja immer den Protagonisten und den Antagonisten. Ich muss mich an dieser Stelle beim Matthias Strolz bedanken, der mich mit seiner flammenden Rede inspiriert hat.

** Trommelwirbel * bumm bumm bumm **

Ich präsentiere hiermit die Liste Pilz zum ersten Preisträger des neuen Preises *"Silberne Cojones erster Güte"* für ihren würdigen Auftritt im Parlament zum Thema *"Überwachungspaket"*. Dass der Nationalratspräsident (Liste Basti) ihren Auftritt zwecks *"Wiederherstellung der Würde des hohen Hauses"* abgebrochen hat, macht selbigen umso würdevoller.

** Trommelwirbel * bumm bumm bumm **

Dem geistigen Mit-Vater des neuen Preises, Matthias Strolz werden hiermit die *"Goldenen Cojones erster Güte"* verliehen. Für seine Rede im Parlament, in der er zum Thema Rauchverbot in der Gastronomie folgendes leidenschaftlich und authentisch zum Besten gibt:

"Das ist ein wirkliches Trauerspiel. Und wenn ich dann, Herr Strache, Ihnen zuhöre, dass Sie sagen 'Ich will eh eine Volksabstimmung, aber ich kann nicht, weil die ÖVP fesselt mich' und dann höre ich den Herrn Kurz, und der sagt 'Ich will eh eine Volksabtimmung, aber ich kann nicht, weil die FPÖ fesselt mich'. Dann frage ich mich: Ist das ein Selbstfesselungsverein, diese Regierung? Ist das ein Bondage Club, oder was ist mit euch?

Sie haben für das Volk hier den Rahmen zu setzen. Das ist beklemmend. Das ist erbärmlich. Und das ist verantwortungslos, was Sie hier machen.

Das ist eine Entscheidung auf Leben und Tod, und da kann man noch einmal so viel mit den Augen rollen, wie man will. Das, was Sie hier machen, das ist verantwortungslos! Und Sie wissen es ja genau. Habt Ihr Cojones oder nicht? Das geht so nicht! Das geht so nicht!"

Ich hatte ich mir schon überlegt, ob ich deinem Chef für das genaue Beobachten vom Strolz nicht auch einen Preis verleihen soll. Aber nur Schauen ist halt doch ein bisschen wenig und wurde daher, nach intensiver Beratung mit mir selbst, wieder ad acta gelegt.

Das Gegenstück zu den *"Cojones erster Güte"* ist der *"saure Apfel"*. Passt obsttechnisch gut zur Himbeere und wird dann verliehen, wenn der Apfel, in den die Bevölkerung beißen muss, besonders säuerlich ist.

Ich muss gestehen, dass die Auswahl der Preisträger für diese Kategorie sich als besonders schwierig gestaltete.

Weil sich so viele von ÖVP und FPÖ dafür beworben hatten.

Wen sollte ich also nehmen? Den Josef Moser für die Abschaffung aller Gesetze und Verordnungen von vor 2000? Dich, für die konzentrierte Unterbringung von Flüchtlingen oder die berittene Polizei?

Damit kein Verdacht von Nepotismus aufkommt, musste ich dich leider von der Liste nehmen.

** Trommelwirbel * bumm bumm bumm **

Für den *"Sauren Apfel in Bronze"* habe ich folgenden Preisträger auserkoren:

Sebastian Basti Kurz für seine Performance in der gestrigen Fragestunde im Parlament und für seine Verdienste für die #AnswerLikeKurz Kampagne. So muss Reden halten!

Die besten Kommentare dazu sind im Artikel *"'Antworten wie Kurz': Nutzer machen sich über Kanzler lustig"* auf *derstandard.at* zu finden.

** Trommelwirbel * bumm bumm bumm **

Der *"Saure Apfel in Silber"* ergeht an die Familienministerin Juliane Bogner-Strauß.

Sie hat beim Preisträger des *"sauren Apfels in Bronze"* brav gelernt und durch Eloquenz nicht nur unglaubliche Sympathien gewonnen, sie macht vor allem jenen Mut, die sich mangels rhetorischer Fähigkeiten bisher selbst von einer politischen Karriere abgehalten haben.

Meine Lieblingsstelle aus dem ZIB2 Interview zum Thema *"Familienbonus"* am 1. März 2018: *" … und wenn wir hier von Alleinerzieherinnen und Wenigverdienern sprechen, so sind die, wenn die wenig verdienen, EH (!) schon zur Gänze von der Steuer entlastet …"*

** Trommelwirbel * bumm bumm bumm **

Der *"Saure Apfel in Gold"* ergeht nicht an eine Einzelperson, sondern an die Gruppe aller Finanzminister seit 4. Februar 2000. Begonnen hat alles mit dem feschen Karl-Heinz Grasser und endet aktuell mit dem Mann aus dem Versicherungswesen, Hartwig Löger. Allesamt waren sie entweder kurz bei der FPÖ (KHG), bei der ÖVP oder *"parteilos"*. Obwohl jeweils für die Finanzen zuständig, schieben sie den schwarzen Peter allen möglichen Ursachen zu, nur sich selbst nicht.

Seit 18 Jahren hätten sie also durchgehend die Finanzen in Ordnung halten und allen ein menschenwürdiges Leben ermöglichen können. Tun sie aber nicht.

Als besondere Verdienste für den Preis gilt die aktuelle Ablehnung der Regelungen zur Steuervermeidung durch Großkonzerne sowie das Sparen bei den Ärmsten der Armen (Hartz IV, AMS-Kürzungen, Streichung der Notstandhilfe etc.).

Ich hoffe, du bist mit meiner Auswahl der Preisträger so weit einverstanden und vor allem nicht allzu traurig, dass ich dich nicht berücksichtigen kann!

Liebe Grüße,
Cousine Daniela

P.S.: Tagesaktuell geht ein *"Saurer Apfel honoris causa"* an Eva Glawischnig. Für Konsequenz und Rückgrat als *"Verantwortungs-managerin"* beim Glücksspielkonzern Novomatic.

~ ~ ~

DUFEK
Ich muss das Budget meines Vorgängers sanieren!
Grasser 2000-2007 FPÖ/ÖVP
Molterer 2007-2008 ÖVP
Pröll 2008-2011 ÖVP
Fekter 2011-2013 ÖVP
Spindelegger 2013-2014 ÖVP
Schelling 2014-2017 ÖVP
Löger seit 2017 ÖVP

6. März 2018, Brieferl No.43 – Und hysterisch dämmert der Basti …

Lieber Cousin Herbert,

gestern habe ich wieder einmal etwas für's Leben gelernt. Zum einen habe ich als agnostische Atheistin (oder wahlweise auch umgekehrt) gelernt, dass zumindest der Papst irgendeine Macht zu haben scheint. Oder war es purer Zufall, dass die ÖVP ein Mandat in Kärnten verloren hat, just, als der Basti beim Papst war? Ich glaube nicht. (Bemerke an dieser Stelle bitte unbedingt das Wort *"glaube"*.)

Und dann habe ich noch etwas herausgefunden, was mich leider dazu bewegt, dem Basti den *"Sauren Apfel in Bronze"* aus dem letzten Brief für seine Verdienste im Rahmen der #AnswerLikeKurz Kampagne wieder abzuerkennen. Weil er den Preis krankheitshalber nicht verdient!

Ich muss jetzt wieder ein wenig ausholen: So wie viele Menschen verwende ich mein Smartphone nur selten zum telefonieren. Manchmal spiele ich auch gerne, zum Beispiel Quizduell. Und da habe ich gestern etwas gelernt, was ich nicht für möglich gehalten und deshalb auch falsch beantwortet hatte. Eine Frage aus der Kategorie *"Körper & Geist"* lautete:
"Was ist das Ganser-Syndrom?"
Ich muss gestehen, ich hatte keinen Schimmer.

Diese vier Antwortmöglichkeiten waren im Angebot:
- Der Betroffene ist farbenblind
- Der Betroffene gibt falsche Antworten
- Der Betroffene wiederholt seine Aussagen zwanghaft
- Der Betroffene hat Angst vor weiten Plätzen

Man hat beim Quizduell nur 30 Sekunden Zeit für die Antwort. Eh klar, weil mit Hilfe von Google wäre es ja fad. Ich konnte also die erste Antwort wegen Achromatopsie und die letzte wegen Agoraphobie ausschließen.

Dass jemand krankhaft falsche Antworten gibt, erschien mir absurd, also wählte ich den Zwang zum wiederholten Antworten. Falsch!

Das Ganser-Syndrom ist tatsächlich ein Krankheitsbild aus der Psychiatrie, *"bei dem die meist jüngeren männlichen Patienten falsch antworten. Es wird auch als 'Pseudodemenz', 'Pseudodebilität' oder 'hsterischer Dämmerzustand' bezeichnet."* Dazu gibt es einen aufschlussreichen Wikipedia-Artikel.

Unter *"Symptome und Beschwerden"* steht folgendes geschrieben: *"Typisch ist das Vorbeiantworten auch auf einfachste Fragen, etwa '3 + 4 = 8' oder 'Farbe der Sonne = grün'. Die Frage wird also anscheinend verstanden, da in der richtigen Kategorie geantwortet wird, aber bewusst oder unbewusst antwortet der Patient falsch. Betroffen sind vor allem Männer jüngeren bis mittleren Alters."*

Ich musste sofort an den Basti denken! An andere auch, aber er scheint ein besonders schwerer Fall zu sein. Darf ich dich um etwas bitten? Frag ihn doch bei der nächsten Fragestunde, wieviel 3 + 4 ist, bitte! Zum Austesten, verstehst du? Wenn er da auch *"vorbeiantwortet"*, dann sollte jemand rasch agieren. Es gibt nämlich die Chance auf Heilung mittels Verhaltenstherapie. Die sollte man ihm nicht vorenthalten. Auch nicht, wenn er Kanzler ist. Oder gerade deshalb nicht!

Noch ein kurzes Wort an dich direkt, lieber Cousin. Wir hatten doch Ende der 1980er beide an der Uni Wien unter anderem Publizistik studiert. Ich weiß schon, dass das lange her ist, aber zumindest ein paar grundsätzliche Dinge hätten dir schon in Erinnerung bleiben können.

Außer, du hast damals nicht brav aufgepasst.

Du hast heute auf deiner Facebookseite von dem respektvollen und menschlichen Klima bei Abschiebungen gesprochen. Also beinahe von Vergnügungsreisen. Mir ist dabei aufgefallen, dass wieder auf die *"Basti & Bumsti-Prawda"* als Medium zurückgegriffen wurde. Wollten seriösere Medien deine Ausführungen nicht bringen?

Außerdem hast du geschrieben, dass *"ein Journalist aus der Online-Redaktion des BM.I - Bundesministerium für Inneres"* eine Luftabschiebung begleitet hat. Ein Journalist?

Ich war so nett und habe extra für dich ein wenig recherchiert und bin dabei auf folgenden Unterschied zwischen Journalismus und PR gestoßen:

"Während beim Journalismus die Öffentlichkeit, also die allgemeinen Interessen, dargestellt werden und damit eine Fremddarstellung herrscht, ist bei PR das Unternehmen im Mittelpunkt, welches nur eine geringe Masse an Interessen vertritt und deshalb nur zur Selbstdarstellung dient."

Wenn irgendwie möglich, darf ich dich bitten künftig ein bisschen seriöser und korrekter zu sein? Ich mag mich nicht immer für die Verwandtschaft entschuldigen müssen.

Liebe Grüße,
Cousine Daniela

P.S.: Wer hat sich eigentlich den Namen *"Austria Escort"* ausgedacht? Ich konnte das leider nicht herausfinden, weil Google nur Seiten gefunden hat, die mit einer anderen Branche zu tun haben. Aber vielleicht soll ja damit auch nur das *"respektvolle und menschliche Klima"* betont werden.

~ ~ ~

7. März 2018, Brieferl No.44 – Der Journalist, die Ukraine, die öffentliche Ordnung und ein Einzelfall

Lieber Cousin Herbert,

na das war ja gestern noch eine Aufregung wegen deines *"Journalisten"*. Schade irgendwie, dass du auf der Facebookseite keine Korrektur deines Irrtums vorgenommen hast. Aber vielleicht war es ja auch gar kein Irrtum, das wäre natürlich möglich. *"Journalist"* klingt eben doch besser als *"weisungsgebundener Nachrichtenverbreiter"*.

Mir wurde eine herzige Internetseite zugetragen, die sich *polizeicafe.at* nennt. Das ist *"Österreichs einzige Internet-Plattform für literaturbegeisterte Exekutivbedienstete."* Das finde ich wirklich lieb. Da habe ich auch deinen *"Journalisten"* gefunden. Hast du eigentlich gewusst, dass mein Papa, also dein Onkel, auch Polizist war?

Dein *"Journalist"* schreibt darin über sich:

"Am 01.09.1964 im mittelalterlichen, am östlichen Rand des niederösterreichischen Waldviertels gelegenen Eggenburg geboren, verfällt Reinhard Georg Leprich nach Abschluss der Höheren Technischen Bundeslehranstalt für Elektrotechnik und dem Beitritt zur Bundespolizei in Wien für mehr wie ein Jahrzehnt der Malerei mit Ölfarben. Die innere Sehnsucht nach intellektueller Harmonie findet dabei nicht ihre Erfüllung. Im Umkreis seiner beruflichen Tätigkeit kommt er durch das Schreiben regelmäßiger Beiträge für ein regionales Zeitungsjournal mit dem Formulieren und Verfassen von Texten in Berührung. Davon inspiriert, beginnt er mit dem Niederschreiben mehrerer Kurzgeschichten. Ein erster Roman kommt über das Anfangsstadium von siebzig Seiten nicht hinaus und landet für längere Zeit in einem Aktenordner. Er beginnt ein Studium der Belletristik und schreibt weitere Romane und Novellen. Heute lebte er mit seiner Familie in einem kleinen Ort nahe Wien."

Nun aber zu anderen Themen, die wir besprechen sollten. Am 15. Februar 2018 ist doch, auf dein Betreiben hin, die neue Herkunftsstaaten-Verordnung in Kraft getreten. Und in diese Liste wurde die Ukraine auch als sicheres Herkunftsland aufgenommen.

Ich habe irgendwie kein Vertrauen in unsere Regierung, ich muss es gestehen. Also habe ich mir zuerst die Analyse des österreichischen Außenministeriums zur Sicherheitslage in der Ukraine angeschaut. In der Hoffnung, dass dort Beamte sitzen, die einfach nur richtige Informationen geben.

"Partielle Reisewarnung (Sicherheitsstufe 5): Vor Reisen auf die Halbinsel Krim und in die Regionen ('Oblaste') Donezk und Luhansk wird gewarnt. Insbesondere entlang der 'Kontaktlinie' zwischen den regierungskontrollierten Gebieten und den Separatistengebieten besteht die Gefahr von kriegerischen Handlungen und somit potenzielle Lebensgefahr."

Sieht nicht wirklich rosig aus. Aber gut, gilt ja wohl auch nur für österreichische Touristen und nicht für Menschen im allgemeinen.

Mangels Vertrauen in Basti & Bumsti und deren Gefolgschaft habe ich mir gedacht, ich schaue mal, was die Deutschen zu diesem Thema zu sagen haben. Deren Reisewarnung für die Ukraine ist detaillierter und gibt mir persönlich mehr Vertrauen.

"Landesspezifische Sicherheitshinweise – Teilreisewarnung
Im Osten der Ukraine (Verwaltungsbezirke Donezk und Luhansk) finden seit dem Frühjahr 2014 bewaffnete Auseinandersetzungen statt. Teile dieser Verwaltungsbezirke werden derzeit nicht von der ukrainischen Regierung, sondern von separatistischen Kräften kontrolliert. Die ukrainischen Streitkräfte und die bewaffneten Kräfte der Aufständischen stehen sich an der sogenannten 'Kontaktlinie' gegenüber, an der es täglich zu Kampfhandlungen kommt."

Und jetzt kommt der Clou: Deutschland hat die Ukraine NICHT auf seiner Liste der sicheren Herkunftsländer. Was in Anbetracht der Warnungen auch logisch erscheint. Was wissen die Deutschen, was du nicht weißt? Oder was weißt du, was die Deutschen nicht wissen?

Irgendwie macht mich das schon traurig, dass ich in die eigenen "Volksvertreter" schon so wenig Vertrauen habe, dass ich mich hilfesuchend an Nachbarn wenden muss.

Apropos wenig Vertrauen: ich habe den Vorschlag zur "Änderung des Sicherheitspolizeigesetzes" ein bisschen unter die Lupe genommen. Da soll es einen niegelnagelneuen Paragraphen geben, den §93a, Informationspflicht bei Bildaufnahmen an öffentlichen Orten.

§93a. (1) Rechtsträger des öffentlichen oder privaten Bereichs, soweit letzteren ein öffentlicher Versorgungsauftrag zukommt, die zulässigerweise einen öffentlichen Ort überwachen, sind verpflichtet, die örtlich zuständige Sicherheitsbehörde über die Verwendung von Bildaufzeichnungsgeräten an solchen Orten zu informieren.

(2) Soweit dies auf Grundlage einer ortsbezogenen Risikoanalyse aus Gründen der Aufrechterhaltung der öffentlichen Ruhe, Ordnung und Sicherheit oder der Strafverfolgung erforderlich ist, hat die Sicherheitsbehörde mit Bescheid eine vier Wochen nicht überschreitende Aufbewahrungsverpflichtung festzulegen.

Man kann fast den Eindruck gewinnen, dass neuerdings irgendwie fast alles unter *"Aufrechterhaltung der öffentlichen Ruhe, Ordnung und Sicherheit"* fallen kann. Ein fideles Liedchen auf den Lippen könnte die öffentliche Ruhe stören, ein freilaufender Chihuahua die Ordnung und ein Treffen von mehreren Freunden potentiell die Sicherheit. Aber so ist das sicher eh nicht gemeint, oder vielleicht doch?

Es gibt auch noch über einen neuen Einzelfall aus der FPÖ zu berichten. Ganz tagesaktuell!

Da soll der Wolfgang Neururer, Bezirksparteiobmann in Imst, Tirol, total witzige Bilder verschickt haben. An seine Parteikollegin Brigitte Gröber. Da war unter anderem ein Bild von Adolf Hitler mit dem Text *"Vermisst seit 1945 - Adolf, bitte melde Dich! Deutschland braucht Dich"* dabei. Sehr geschmackvoll, das muss ich schon sagen!

Ich erinnere bei dieser Gelegenheit an das Bullshit-Bingo! Vielleicht hilft es deinem Kollegen, die passende Antwort zu finden.

Liebe Grüße,
Cousine Daniela

~ ~ ~

8. März 2018, Brieferl No.45 – Martini, Mann und Abgesang (Weltfrauentag)

Liebe Cousine Herberta,

heute wird wieder einmal der Weltmännertag gefeiert. Wobei *"gefeiert"* wohl nicht der treffende Ausdruck ist, *"begangen"* trifft es vermutlich besser.

Irgendwie habe ich das Gefühl, wir Männer sind so etwas wie Menschen zweiter Klasse. Die Deppen der Nation, nein der Welt. Und das gleichsam seit Anbeginn der Zeit. Da wurde schon Eva von der einzigen Göttin erschaffen und der Adam einfach aus ihrer Rippe geschnitten. Und wen hat die Schlange im Paradies bezirzt, dass er doch den Apfel nimmt? Den Adam natürlich!

Diese einzige Göttin hat dann natürlich eine Tochter in die Welt platziert, die sich auch nur mit Jüngerinnen umgeben hat. Und dem einzig relevanten Mann rund um die Geschichte von Jesuine, der Magdalenus, wurde das Flair des umtriebigen Toyboys umgehängt.

Die ganze Menschheitsgeschichte scheint nur von Frauen geprägt worden zu sein. Den einen oder anderen Monarchen, der es durch Zufall mal an die Regentschaft geschafft hatte, können wir fast übergehen. Immer und überall waren nur die Frauen. In der Politik, in der Wissenschaft, in der Literatur. Immer gab es beispielsweise nur Präsidentinnen in den USA, begonnen mit der Georgina Washington bis hin zur Donaldine Trump. Letztere wurde ja sogar gewählt, obwohl sie uns Männer nur als Spielzeug betrachtet und Tipps wie *"grab them by the balls"* unter die Menschheit bringt. Das geht echt nur, wenn du eine Frau bist!

Aber bitte, wir müssen ja schon froh sein, dass wir überhaupt wählen dürfen. War ja auch nicht immer so.

Die Bastille & Bumstine - Regierung hat zumindest einen Männerminister installiert. Auch wenn ich das Gefühl habe, dass der Julian Bogner-Strauß unsere Interessen als Männer nicht mit Leib und Seele vertritt.

Ich stelle mir gerade vor, was wäre, wenn die Bastille keine Frau wäre, die immer geschniegelt und adrett herumläuft und durch gekonntes Blabla nie etwas Inhaltliches von sich gibt. Sie kann locker ohne Ausbildung Kanzlerin werden. Wenn der Angelus Merkel keine Ausbildung hätte, würden sich die Frauen voller Häme auf ihn stürzen und als unqualifiziert hinstellen.

Ähnliches gilt ja auch für die Bumstine, die hat aber zumindest eine abgeschlossene Lehre zur Zahntechnikerin. Auch wenn das für die Politik vermutlich nicht ganz so wertvoll ist. Als Frau kannst du faktisch alles werden, weil Frauen sich ja gerne und gut vernetzen. Ihr helft einander und nennt es dann Seilschaften. Bei uns Männern funktioniert das nicht so gut. Das liegt vermutlich daran, dass die Wenigen, die es wirklich schaffen, ihre Position in der frauendominierten Welt nicht für andere riskieren wollen.

Und die Wenigen, die es geschafft haben, werden uns dann von euch auch noch als Vorbilder verkauft. Weil wenn der es geschafft hat, dann kann es jeder schaffen. Man muss es doch nur wirklich wollen. Aber das ist wohl mehr die große Lüge, der Mohnzuz des Kapitalismus und hat weniger mit dem Geschlecht zu tun.

Diese Haltung der aktuellen männlichen Minister, allen voran der sogenannte Männerminister, das Männervolksbegehren nicht zu unterschreiben, ist mir schon suspekt. Aber die stehen vermutlich unter der Fuchtel von Bastille und Bumstine.

Und sind wohl einfach nur froh, zu denen zu gehören, die es *"geschafft"* haben, und machen deshalb den Mund nicht auf.

Wir Männer sind sowieso an allem selbst schuld. So wird uns das zumindest immer von euch Frauen verkauft. Wenn wir im Sommer in Shorts herumgehen, weil uns sonst zu heiß ist, dann sind wir schuld, wenn ihr lüsterne Gedanken bekommt. Wenn wir uns lieber um die Kinder kümmern als Überstunden zu machen, dann brauchen wir uns nicht zu wundern, wenn es mit der Karriere nicht klappt. Wenn wir uns die Samenleiter durchtrennen lassen wollen, dann gibt es Frauen, die uns das verbieten wollen, wegen der daraus resultierenden Fortpflanzungsunfähigkeit.

Es gab auch in Österreich einmal einen wirklich tollen Männerminister, den Johann Dohnal. Der war nicht nur der erste Männerminister, er hat auch das erste Männerhaus in Wien gegründet. Damit haben von Gewalt bedrohte Männer eine Zufluchtsmöglichkeit bekommen. Der hatte Cojones. Das vermisse ich bei den heutigen Politikern. Aber auch bei euch Frauen.

Vielleicht sollte man einen *"Welt-Cojones-Tag"* einführen, damit alle Menschen, egal ob Frau oder Mann, endlich wieder mehr Mut zum Mut bekommen. Und eine neue Kategorie bei den Nobelpreisen. Weil so kann und soll und wird das alles nicht weitergehen!

Liebe Grüße,
Cousin Daniel

~ ~ ~

9. März 2018, Brieferl No.46 – Geschmierte und Gelackmaierte

Lieber Cousin Herbert,

manchmal habe ich das Gefühl, du schaust zu viele Filme. Und verinnerlichst das Gesehene. Zur Erinnerung: nein, du bist weder der Imperator noch Darth Vader. Und nein, du darfst nicht einfach irgendwelche Polizeitruppen, die du für einzig dir unterstellte Stormtroopers hältst, zu irgendwelchen Leuten schicken! Auch nicht, wenn es sich um das BVT, das Bundesamt für Verfassungsschutz und Terrorismusbekämpfung, handelt.

Kannst du dich noch an mein Brieferl vom 7. Februar erinnern? Brieferl No.27 – Ist die FPÖ rechtsextrem?

Und was machst du? Lässt deine *"eben doch nicht"* - Stormtroopers *"bei Hausdurchsuchungen im BVT vergangene Woche auch umfangreiches Datenmaterial des 'Extremismus'-Referats kopieren und mitnehmen, das auch Informationen über FPÖ-Burschenschafter umfasst."*

Jetzt glauben eh schon so viele Leute, dass ihr rechts vom rechten Eck steht, und dann das!

Und haben denn die Burschenschaftler nicht auch schon genug gelitten? Jetzt sind sie schon wieder in den Schlagzeilen. Die Bruna Sudetia hat immer noch keine funktionierende Webseite wieder. Das ist doch kein Leben.

Und wenn man schon seine Allmachtsphantasien auslebt, dann sollte man wenigstens den Mumm haben, dazu zu stehen. Aber nicht dann auch noch jammern und sagen, dass das alles *"Fake News"* sind. Ein bisschen mehr Haltung und Rückgrat, Herr Minister, wenn ich bitten darf!

Oder hast du deinen Generalsekretär Peter Goldgruber nicht im Griff? Dieser hatte nämlich via Presseaussendung gemeint: *"Die medial konstruierte Geschichte, das BMI habe sich durch eine von einem FPÖ-Mitglied geführte Einheit Zugang zu Rechtsextremismus-Daten verschafft bzw. verschaffen wollen, verweist sich anhand der geschilderten Tatsachen von selbst ins Reich der 'Fake News'."*

Ich weiß ja, dass das mit dem Ministeramt sicher nicht leicht für dich ist, aber dennoch solltest du dich künftig am Riemen reißen. Was soll denn aus dir werden, wenn sie dich absetzen? Gehst du dann auch zur Novomatic? Das wäre sicher irgendwie lieb, wegen deiner Schulfreundin. Oder hast du das gar schon mit ihr arrangiert?

Ich frage mich ja, was in den Köpfen der aktuellen Volksvertreter so vorgeht, wenn sie von Fachleuten regelrecht angefleht werden, das Rauchverbot aufrecht zu erhalten, und sie es trotzdem wegbeantragen.

In Kombination mit der Nicht-Anhebung der Tabaksteuer fallen mir nur zwei Antwortmöglichkeiten dazu ein, wobei ich freilich keine der beiden für möglich halten darf. Ausdrücklich muss ich das hier betonen, ausdrücklich!

1) Ihr wollt die Bevölkerung bewusst dezimieren.

2) Ihr wurdet von der Tabaklobby geschmiert.

Mit dem Basti haben wir ja letztlich auch nix als Scherereien, das muss ich schon sagen. Du schickst deine Stormtroopers los, und was macht er? Schreibt vollmundig auf Twitter: *"Solche Vorfälle sind unerträglich u dürfen keinesfalls toleriert werden."* Er meinte damit aber nicht dubiose, bananenrepublikanische Machenschaften, sondern einen Messerstecher aus Afghanistan.

Warum muss er das extra fordern, der Bubi? Glaubt er, dass so ein Zuruf notwendig ist, weil Exekutive und Justiz sonst schlafen würden? Oder will er das vermeintlich dumme Volk lieber ablenken, nach dem Motto *"Besser ein Afghane statt rechte Infame"*?

Ja, so ist sie eben, unsere Welt. Die einen sind die vielleicht-wahrscheinlich-oder-eh-(nicht) Geschmierten, der große Rest sind die Gelackmaierten.

Aber halt! Da fällt mir etwas ein! Die Welt *"ist"* nicht so. Wenn die Welt nämlich einen unveränderbaren IST-Zustand hätte, dann würden wir alle noch in den Höhlen sitzen. Die Welt wird gemacht, gestaltet, Tag für Tag.
Die Frage ist nur, wie lange es dauern wird, bis sich die Gelackmaierten des Lackes entledigt und die vielleicht-wahrscheinlich-oder-eh-(nicht)-Geschmierten dorthin verbannt haben, wo sie hingehören. In die Versenkung.

Liebe Grüße,
Cousine Daniela

P.S.: Es gibt auch noch einen *"Sauren Apfel honoris causa"*. Der geht heute an Kardinal Christoph Schönborn. Für sein Wissen, dass die menschliche Würde weniger wert ist als ein Nulldefizit. Details zu seinen Ausführungen sind auf *kurier.at* unter dem Titel *"Schönborn lobt Budgetkurs von Kurz, aber: 'Nulldefizit ohne Opfer ist nicht möglich'"* nachzulesen.

~ ~ ~

12. März 2018, Brieferl No.47 – Gutmenschen und Schlechtzombies

Lieber Cousin Herbert,

hat dir die Rede vom André Heller auch so gut gefallen wir mir, heute beim Gedenktag an die grauslichen Ereignisse von vor 80 Jahren?

Er war eigentlich eh der Einzige, der wirklich mit Schmackes gesprochen hat. Ich glaube auch zu wissen, warum dein Bumsti-Chef meistens mit verschränkten Armen da gesessen ist. Damit man das Schnackerl nicht so sieht, wenn über Populisten gesprochen wurde.

Mir hat ja besonders an André Hellers Rede gefallen, dass wenigstens einer auf die wahren Probleme dieser unseren schönen Welt hingewiesen hat. Während der Basti, ganz seinem Horizont entsprechend, das *"Staatsziel Wirtschaftswachstum"* in der Verfassung verankern will, hat Heller den Klimawandel angesprochen. Aber ich weiß schon, was du mir jetzt antworten willst. Alles nur Fake News.

Auch hat er uns daran erinnert, dass unser Wohlstand auf der Ausbeutung anderer beruht. Ist aber eigentlich wurscht, man kann sich ja schließlich nicht um alles kümmern, oder?

Außerdem habe ich mich sehr gefreut, dass der Verfassungsgerichtshof die Regelung zur Mindestsicherung in Niederösterreich mit sofortiger Wirkung aufgehoben hat. Da habt ihr euch wieder einmal, allen voran der Basti mit seiner umfassenden Bildung, ordentlich in die Nesseln gesetzt.

"Das niederösterreichische Modell war von der türkis-blauen Bundesregierung als vorbildlich bezeichnet worden." steht da geschrieben. Das habe auf *derstandard.at* unter der Schlagzeile *"Mindestsicherung: Bundesregierung hält an Plänen fest"* gefunden.

Ich weiß schon, dass wir uns auch auf den VfGH vielleicht nicht mehr allzu lange verlassen werden können, soll der doch auch mit einem der *"euren"* bestückt werden. Aber noch ist es ja nicht so weit.

Ich hatte aber auch Grund zum Ärgern. Eure Gesinnungsgenossen gehen auf die *“Omas gegen Rechts“* los, da kommt einem das Speiben. Ich entschuldige mich für meine Wortwahl, aber treffender kann ich es nicht formulieren.

Das am häufigsten gebrauchte Wort ist *“Gutmensch“*. Ich habe es immer schon komisch gefunden, dass die Kombination aus *“gut“* und *“Mensch“* zu einem, ich möchte fast sagen, hasserfüllten Schimpfwort werden kann.

“Wie der Herr, so das G‘scherr“ sagt der Volksmund und so habe ich einige Postings von deinem Bumsti-Chef gefunden, der *“Gutmenschen“* auch sehr gerne schlecht macht.

Ich wollte dann gerne erfahren, ob es denn ein Antonym zu *“Gutmensch“* gibt. Lustigerweise findet man da nur *“Realist“*, was freilich unglaublich kreativ und durchdacht ist.

Also habe ich selbst überlegt.
Das Antonym zu *“gut“* ist *“schlecht“*.
Ein Antonym für *“Mensch“* ist gar nicht so leicht auszumachen. *“Unmensch“* ist naheliegend und korrekt, erscheint mir aber unpassend. Eine weitere Möglichkeit wäre *“Tier“*, aber die gefällt mir gar nicht, denn Tiere verfügen über keine Bösartigkeit. Aber es gibt noch den *“Zombie“* als Antonym zum *“Menschen“*. Das erscheint nach Durchsicht der grauslichen Kommentare durchaus naheliegend. Wie die Zombies stürzen sie sich hirn- und gedankenlos auf ihre Mit-Menschen.

Das Antonym zu *“Gutmensch“* ist also *“Schlechtzombie“*. Nette Wortkreation, findest du nicht auch? Ui, was wäre da wohl los, wenn plötzlich alle *“Gutmenschen“* sich zur Wehr setzten und ihre Kontrahenten als *“Schlechtzombies“* bezeichnen würden, oder? Was würde dein Bumsti-Chef dazu sagen, wenn er zum *“König der Schlechtzombies“* gekrönt würde?

Und darin liegt das Dilemma. Die *"Gutmenschen"*, also jene, die Anstand und Achtung. Würde und Miteinander, Respekt und Wertschätzung als wichtig erachten, sind der Ansicht, dass diese Werte für jeden gelten. JEDEN! Auch für den *"Schlechtzombie"*.

Was also tun? Sollen sich die *"Gutmenschen"* die ewige Hetzerei einfach gefallen lassen? Sollen sie weiter höflich und respektvoll bleiben, weil sie diese ihre Werte dermaßen verinnerlicht haben, dass sie eigentlich gar nicht anders können?

Ja! Weil wir diejenigen sind, die Spaß und Freude am Leben haben. Eben genau im Miteinander. Ich habe nämlich eines gelernt aus den zahlreichen Begegnungen mit diversen *"Schlechtzombies"*: die haben so überhaupt keine Lebensfreude, sind nur verzopft, regelrecht frustriert und absolut humorbefreit. Irgendwann werden sie alle nur noch jammernd in ihrer rechten Ecke sitzen und heulen. Aber wer weiß, vielleicht werden wir sie einladen und mitmachen lassen. Damit aus Zombies wieder Menschen werden können.

Liebe Grüße,
Cousine *"der unverbesserliche Gutmensch"* Daniela

P.S.: Ich bin ja gespannt, wie lange du dich noch im Ministersessel halten kannst. Du sollst nämlich die Bestellungsurkunde für den BVT-Chef Peter Gridling zurückgehalten haben. Das macht gar keinen schlanken Fuß, das muss ich sagen.

Keine Sorge, ich werde dir trotzdem weiter Brieferln schreiben. Weil wir uns doch immer so nett unterhalten und mir deine Meinung als Politikexperte wichtig ist. Also meinetwegen brauchst du nicht zu bleiben!

~ ~ ~

13. März 2018, Brieferl No.48 – Das Wunder der Staatsoperette

Lieber Cousin Herbert,

da habe ich mich aber gefreut, als ich dich heute Vormittag live im Fernsehen sehen konnte. Auch wenn du mir wieder einen eher unausgeglichenen Eindruck gemacht hast. Als hättest du dich von der Opposition noch immer nicht verabschiedet.

Ich hatte zunächst gedacht, dass heute der Tag sein wird, an dem ich wieder stolz auf dich sein kann. Weil du zurücktrittst, wegen der Staatsoperette, wie die Causa BVT bereits bezeichnet wird.

Na ja, war halt nicht. Aufgeschoben ist ja nicht aufgehoben. Vielleicht wird es ja noch. Hast du übrigens gelesen, dass dein ehemaliger Parteifreund Peter Westenthaler jetzt ins Gefängnis wandert?

Wie geht es dem KHG eigentlich? Und was tut sich bei den Fragen rund um die illegale Parteienfinanzierung, in die du verstrickt sein sollst? Es gilt sowohl beim schönen KHG als auch bei dir freilich die Unschuldsvermutung!

Obwohl du nicht zurückgetreten bist, habe ich mir trotzdem deine flammende Rede zur absolut schrecklichen Lage der gesamten Nation angehört. Du machst das schon raffiniert, das muss ich sagen. Wischst gleich mal mit diesen unseligen und unnötigen NGOs auf und zitierst Amnesty International und die Caritas. Wie können die es auch wagen, über den afghanischen Tellerrand zu schauen. Pfui!

Besonders gut hat mir gefallen, dass du zum Thema BVT gesagt hast: *„Hier wird nur die Rechtsstaatlichkeit eingehalten, auch wenn der eine oder andere damit ein Problem hat.“* Das ist schlichtweg genial! Einerseits behauptest du damit, dass du mit Leib und Seele den Rechtsstaat vertrittst. Und andererseits hältst du damit auch gleich deinen Gegnern einen Spiegel vor, weil diese angeblich genau nix vom Rechtsstaat halten.

Wird es demnächst vielleicht ein Gesetz geben, in dem Kritik als illegal eingestuft wird? Das könnte man sicherlich leicht konstruieren, indem man sich auf die Gefährdung der öffentlichen Sicherheit, Ruhe und Ordnung beruft. Weil wenn einer die Rechtsstaatlichkeit von Regierungsaktivitäten in Frage stellt, dann wäre das doch sicher eine massive Bedrohung für die Sicherheit, oder?

Weißt du, was ich irgendwie komisch finde? Dass es noch immer keinen Sicherheitsbericht für das Jahr 2017 gibt. Wann soll der denn endlich erscheinen? Oder gibt es schon wieder irgendwelche Serverprobleme, die das Erstellen des Berichts verhindern? Oder könnte man dem vielleicht entnehmen, dass es zwar auch Probleme mit Asylwerbern und Zuwanderern gibt, diese jedoch in der Minderheit sind und wir es in Wahrheit mit ganz anderen Problemen zu tun haben?

Ich erinnere mich ja so gerne an deinen Parteifreund Norbert Hofer, der uns am 21. April 2016 bereits angekündigt hatte *"Sie werden sich wundern, was alles gehen wird!"*

Wen wundert es also, wenn wir über eine Operettenregierung verfügen?
- eine Gesundheitsministerin, die die Freiheit des Rauchens für das höchste Gut hält
- eine Frauenministerin, die weder von Frauen- noch von Kinderrechten angetan ist
- ein Finanzminister, der bei einer Versicherung war
- eine Wirtschaftsministerin, die zwei Stunden Entfernung zum Arbeitsplatz für zumutbar hält, weil das Privatleben heute eh digital abläuft
- ein Bildungsminister, der Studiengebühren einführtl
- ein Innenminister, der die Bürger überwachen will und in die BVT-Staatsoperette verwickelt ist
- ein Justizminister, der schnell mal ein paar tausend Gesetze ausmisten will

– eine Staatssekretärin, die eigentlich im Innenministerium ist,
sich aber dennoch um die Strafgesetze kümmert, weil es ihr in
den sozialen Medien so angetragen wurde
– ein Vizekanzler, dessen Wehrsportübungen noch nicht einmal
eine Jugendsünde waren
– ein Bundeskanzler, der zur ganzen Aufführung lieber nix sagt
und stattdessen Sportereignisse auf Twitter kommentiert

Habe ich jemanden vergessen?

Und weil mir die Weissagung der Cree so gut gefällt, habe ich
für diesen besonderen Tag auch eine Weissagung zu verkünden, die
"Weissagung der Cousine" gewissermaßen:

Noch bevor der letzte Asylwerber abgeschoben,
der letzte Sozialfall verhungert
und der letzte Bürger aller Rechte beraubt ist,
werdet ihr merken, dass Ihr schon längst Eurer Ämter enthoben seid.

Liebe Grüße,
Cousine Daniela

~ ~ ~

18. März 2018, Brieferl No.49 – Fette Katzen, Radfahrer und arme Hunde

Lieber Cousin Herbert,

tut mir sehr leid, dass ich erst jetzt wieder ein Brieferl schreibe. Sie haben dir sicherlich schon gefehlt, aber ich war in wichtigen Missionen unterwegs. Zum Beispiel für das Frauenvolksbegehren, weil sich doch weder Männer noch Frauen der Basti & Bumsti-Allianz für Frauenanliegen interessieren.

Andererseits müssen wir es realistisch sehen. Für die Anliegen welcher Menschen interessiert ihr euch denn überhaupt? Also außer für die Anliegen der Großkonzerne, deren Steuervermeidung durch das Country-by-Country-Reporting eingedämmt werden könnte, was der Finanzminister aber nicht will. Aber Großkonzerne gelten halt nicht als Menschen.

Hast du das mit dem Energetiker und dem Krankenhaus Nord gelesen? Auch nicht schlecht, oder? Ich finde es auch gut, dass das jetzt herauskommt, so ist das dumme Wahlvolk wieder einmal abgelenkt von Geheimdienstaffären und Sozialabbau. Das ist immerhin skurril und irgendwie witzig. Wenngleich 95.000 Euro auch kein Lercherlschas sind, wie man in Wien so sagt. Ich habe übrigens auf diesem Gebiet auch außergewöhnliche Fähigkeiten. Ich bin total gut im Tischerlrücken! Ich habe sogar mein eigenes Ouija Brett! Also wenn es Bedarf gibt, du weißt ja, wo du mich findest!

Tischerlrücken ist ja mehr ein Hobby, so wie Voodoo. Aber zum Energetiker kann man sich sogar am Wifi ausbilden lassen! Was es nicht alles gibt.

Seit dem Brieferl No.7 geht mir die Frage nicht aus dem Kopf, was genau eigentlich das Ziel der Basti & Bumsti-Allianz sein soll? Ich glaube, dabei habe ich einen fundamentalen Denkfehler begangen.

Ich war nämlich davon ausgegangen, dass ihr alle in dem Bewusstsein handelt, wirklich und wahrhaftig *"Volksvertreter"* im Sinne der repräsentativen Demokratie zu sein. Das ist auch eine wunderbare Idee, an der Umsetzung hapert es halt leider ein wenig. Ich kann verstehen, dass ein Viertel der Österreicher mittlerweile dermaßen angepapperlt ist, dass sie mit einem *"starken Führer"* liebäugeln, der sich nicht um Wahlen und Parlament kümmern muss.

Dann hätte man endlich seine Ruhe und wäre wenigstens nicht so frustriert, wenn die gewählten *"Volksvertreter"* eh wieder nix von dem machen, was sie eigentlich tun sollten. Und noch weniger von dem, was sie im Wahlkampf versprochen haben.

Es muss gerade für die FPÖ-Wähler besonders niederschmetternd sein, wenn die *"soziale"* Heimatpartei nichts anderes tut, als Jobs für die eigenen Leute zu finden und sich keinen Deut um die aktuellen sozialen Probleme schert.

Aber ihr macht das schon gut, man möchte fast sagen perfide. Schnell schnell die eigenen Interessen durchsetzen, in der Hoffnung, dass das dumme Wahlvolk alles bis zur nächsten Wahl schon wieder verdrängt hat. Und natürlich einen Sündenbock ausmachen, auf den es sich leicht hinhacken lässt. Und das sind dann pauschal *"die Ausländer"*. Und dann noch einen Sündenbock ausmachen, die *"Sozialschmarotzer"* und *"Durchschummler"*. Ist ja immer gut, wenn man mehrere hat, die herhalten können. Auch wenn es *"die Ausländer"* nicht gibt und *"Sozialschmarotzer"* und *"Durchschummler"* bei einem Verhältnis von 1 freien Arbeitsplatz zu 6 Arbeitssuchenden noch nicht einmal möglich sind.

Aber ich verstehe den Grant der Leute, die wenig verdienen, auf jene, die Sozialleistungen bekommen, die vielleicht gleich hoch sind wie ihr eigenes, schwer erarbeitetes Gehalt.

Und genau da liegt der Hase im Pfeffer begraben:!

Nicht die Sozialleistungen müssen gekürzt werden, sondern man muss ein ordentliches (Mindest-)Gehalt bekommen, von dem man auch gut leben kann. Egal, welcher Arbeit man nachgeht!

Es gibt ja alle möglichen *"Feiertage"*. Erst kürzlich hatten wir den Weltfrauentag, du erinnerst dich vielleicht. Aber kennst du auch den *"Fat Cat Day"*?

Das ist jener Tag im Jahr, an welchem ein Topmanager brutto so viel verdient hat wie ein durchschnittlicher (!) Arbeitnehmer im ganzem Jahr. Von denen, die wirklich wenig verdienen, reden wir hier gar nicht!

Herzliche Gratulation Österreich: im Jahr 2016 war der *"Fat Cat Day"* bereits am 8. Jänner (deshalb so spät, weil 1. und 6. Jänner Feiertage sind). Und der Spitzenreiter, Andritz-CEO Wolfgang Leitner, braucht gerade einmal 3 Arbeitstage, um eine fette Katze zu werden. Für ihn, Voest-Chef Wolfgang Eder und Erste-Group-Chef Andreas Treichl war 2018 bereits am 4. Jänner *"Fat Cat Day"*.

Schon irgendwie komisch, dieses Wirtschaftssystem, meinst du nicht auch? Da gibt's welche, die Unmengen verdienen und andere, die auch arbeiten und dennoch in die Kategorie *"working poor"* fallen. Mir kommt das Grausen!

Aber das wollt ihr nicht überdenken. Vermutlich deshalb, weil so mancher *"Volks(ver)treter"* doch eher ein *"Radfahrer"* ist, der nach oben hin buckelt und nach unten tritt. Und je mehr man andere dazu animiert, beim nach-unten-Treten mitzumachen, desto weniger Zeit und Lust haben diese dann, das nach-oben-Buckeln zu überdenken.

Und so werden lieber die *"Österreicher"* gegen die *"Nicht-Österreicher"*, die *"Fleißigen und Anständigen"* gegen die *"Sozialschmarotzer und Durchschummler"* ausgespielt. Erinnert mich fast an grausliche Hundekämpfe, bei denen diese armen Geschöpfe aufeinander losgelassen werden, um die Geldgier ihrer Herren zu befriedigen.

Apropos Hunde: warum war gestern die Polizei mit Hunden bei der Demo unterwegs? Ist das jetzt seit Neuestem so üblich? Warum müssen die Hunde mitkommen? Für die Demonstranten, damit sie wen zum Streicheln haben? Für die Polizisten, damit sie sich beim Anblick der *"Omas gegen Rechts"* sicherer fühlen? Oder sollen die armen Hunde gar Schrecken und Angst verbreiten?

Zu guter Letzt möchte ich noch meiner Hoffnung Ausdruck verleihen, dass du nicht allzu traurig sein wirst, wenn die Liste Pilz morgen einen Misstrauensantrag gegen dich einbringen wird.

Kurier.at schreibt unter dem Titel *"BVT-Affäre: Misstrauensantrag gegen Kickl"*, dass es für diesen drei Gründe gibt.

1) Du übst dein Amt nicht im öffentlichen Interesse, sondern in dem deiner Partei aus.

2) Die amateurhafte Durchführung der Hausdurchsuchung beim BVT gefährde zudem die objektive Sicherheitslage, besonders hinsichtlich der kommenden EU-Ratspräsidentschaft Österreichs.

3) Es bestehe der Verdacht des Amtsmissbrauchs wegen der zurückgehaltenen Bestellungsurkunde für BVT-Chef Peter Gridling.

Ich habe den Peter Kolba via Twitter gebeten, er möge dem Basti bitte ausrichten, dass ich notfalls einspringen würde. Als Innenministerin. Nur für den Fall, dass dem Basti ein(e) *"Kickl"* im Ministerium ausreicht und du das nicht mehr sein darfst. Ich habe gleich dazu gesagt, dass ich mich halt nicht ans Regierungsprogramm halten tät. Nur damit es im Vorfeld zu keinen Missverständnissen kommt.

Liebe Grüße,
Cousine Daniela

~ ~ ~

20. März 2018, Brieferl No.50 – Mit Schaumrollen zum sauren Apfel in Gold

Lieber Cousin Herbert,

heute darf ich dir gleich dreifach gratulieren!

Gratulation No.1: Dies hier ist unser 50-Brieferl-Jubiläum! Hätten wir uns auch nicht gedacht, dass es so viele in so kurzer Zeit sein werden, oder?

Gratulation No.2: Du bist noch keine 100 Tage im Amt und hast schon deine erste Klage bekommen. Wegen Amtsmissbrauchs. Das ist vermutlich neuer Rekord. Es gilt selbstverständlich die Unschuldsvermutung!

Gratulation No.3: Aufgrund deiner vielfältigen Verdienste für die Menschen, nein, die gesamte Republik *Trommelwirbel * bumm bumm bumm * verleihe ich dir hiermit den *"Sauren Apfel in Gold"!* Das ist die höchste Auszeichnung der sauren Sorte, die du von mir bekommen kannst! Und weil es der *"saure Apfel"* ist, kann auch kein Verdacht des Nepotismus aufkommen.

Solltest du jetzt nicht mehr genau wissen, was diese Ehrung bedeutet, darf ich dich hiermit auf Brieferl No.42 verweisen.

Ich hoffe, du bist nicht eifersüchtig, aber ich muss noch einen Preis vergeben. Keine Sorge, er ist absolut gleichwertig vom Gold-Rang her.

*Trommelwirbel * bumm bumm bumm *

Die *"Goldenen Cojones erster Güte"* gehen an Dr. Alfred J. Noll, der gestern, anlässlich des Misstrauensantrags wegen der BVT-Angelegenheit, das Vertrauen hinsichtlich Hirn und Bildung in der Politik wiederhergestellt hat.

Du warst ja dabei, hast mir aber einen ziemlich zerknitterten Eindruck gemacht. Solltest du gar ein Einsehen gehabt haben, dass du dich als Minister wirklich nicht am geeigneten Platz befindest? In der Aufregung kann man ja schon mal das eine oder andere Wort überhören. Deshalb habe ich dir, zum Ehrentag, noch eine kleine Freude gemacht und die Highlights aus Dr. Nolls Rede für dich transkribiert!

"Ich habe mich ja brav vorbereitet, das kann ich aber jetzt fast alles beiseite lassen, denn was wir von unserem Herrn Innenminister an heißer Luft und rhetorischen Schaumrollen bekommen haben, rechtfertigt es durchaus auch, auf dieses Niveau einzusteigen."

Ich nehme an, er hat sich, ebenso wie wir Zuschauer, zu Recht darüber gegiftet, dass du immer noch zu glauben scheinst, als Oppositionspolitiker auf den politischen Gegner hinhacken zu müssen, anstatt deine Arbeit als Minister zu tun und ordentliche Antworten zu geben.

Dabei hattest du dich selbst am 5. November 2014 darüber echauffiert, dass seitens der Regierung zu wenig Zeit für Antworten aufgewendet wurde. Na ja, das scheinst du wohl überdacht zu haben. Oder vergessen.

Lassen wir an dieser Stelle die Vergangenheit ruhen und widmen wir uns lieber wieder der Rede von Dr. Noll.

"Wenn ich mir anschaue, was der Innenminister die letzten 100 Tage gemacht hat, dann wissen wir jetzt auch, dass nicht jeder verbummelte Philosophiestudent unsere Republik als Innenminister führen kann."

Es scheint keine Mindestanforderung an (Bildungs-)Niveau für politische Ämter zu geben. Beim gemeinen Fußvolk schaut das freilich anders aus.

Ich habe meinen eigenen *"Frisiersalon"* eingerichtet, in dem ich privat und unentgeltlich meinem Schatzi regelmäßig die Haare schneide. Ich mach das echt gut, weil mit dem elektrischen Haarschneider ist das keine Hexerei. Einen echten Frisiersalon darf ich dennoch nicht aufmachen, weil man dafür nämlich einen amtlichen Befähigungsnachweis braucht!

Merke: der Schaden, den ich als unfähige Friseuse anrichten würde, schlägt sich maximal in einer krummen Frisur nieder und wird von der Natur durch Nachwachsen korrigiert. Den Schaden, den unfähige wie amoralische Politiker anrichten, haben tausende, manchmal Millionen Menschen auszubaden.
Für das eine gibt es gesetzlich verankerte Mindestanforderungen, für das andere nicht! Komisch, oder? Aber wenden wir uns wieder Dr. Noll zu, der dich freundlicherweise zitiert hat.

"Mein Problem ist, dass er (Anm: du, Herbert) *nicht kann, was er übernommen hat als Amt. Und ich glaube ja, dass die Selbsteinschätzung des Herrn Innenminister, die er im Jahr 2009 der Presse gegenüber gegeben hat, viel sprechender ist, als alles, was er uns heute an Rabulistik hier serviert hat.*
Der Presse hat er nämlich damals gesagt:
'Selbst ganz vorne stehen möchte ich nicht, dafür gibt's Begabtere.'
Und diese Selbsteinschätzung ist berechtigt, bis heute."

Mit der rechtlichen Belehrung seitens Dr. Noll mag ich dich nicht behelligen, das macht jetzt dann eh die Staatsanwaltschaft. Und die Sache mit der Suspendierung Gridlings wird vielleicht auch noch ein juristisches Nachspiel haben.

Auch Dr. Nolls Reaktion auf den Zwischenruf deines Parteifreundes Johann Gudenus hat mir sehr gut gefallen.

*"Herr Gudenus, Sie haben nicht nur davon keine Ahnung,
sondern von fast allem anderen auch nicht. Also san's bitte ruhig."*

Lustig war mitanzusehen, wie dein Parteifreund dann nervös auf
seinem Sessel herumgeschaukelt ist. Wo er sonst doch immer so bemüht
ist, eloquent zu klingen und intelligent zu wirken. Auch wenn dies selten
bis nie gelingt.

Und das waren gestern die Abschlußsätze von Dr. Noll:

"Mein Problem ist eines, dass dort ein Mann sitzt (Anm.: er
zeigte dabei auf dich), *der das, was er der Republik versprochen hat,
auch mit eigenen Worten gesagt, einfach nicht kann. Suchen Sie einen
Besseren!"*

Dem kann und will ich nichts hinzufügen.

Liebe Grüße,
Cousine Daniela

~ ~ ~

Belakowitsch, Dagmar Gesundheitssprecherin des FPÖ-Parlaments-klubs, forderte 2010 eine Volksabstimmung zum Rauchverbot. Jetzt, da die FPÖ mit den Türkisen die Regierungsbank teilen darf, bezeichnet sie das Volksbegehren *"Don't Smoke"* als unseriös.

Blümel, Gernot Als Kanzleramtsminister der ÖVP forderte er eine *"Einübungsphase"* für den *"weiteren direktdemokratischen Schritt"* (damit ist das Abhalten von Volksabstimmungen gemeint). Man darf sich wundern und weiter üben.

Bock, Ute Am 18. Jänner 2018 verstorbene Erzieherin, Flüchtlings-helferin und Menschenrechtsaktivistin. Besonders beliebt bei der FPÖ, was sich auch darin äußerste, dass niemand aus den blauen Reihen kondoliert hat. Nachzulesen auf *oe24.at* unter dem Titel *"Tod von Ute Bock: Keine Reaktion von FPÖ"* vom 19. Jänner 2018. Am 2. Februar 2018 haben sich etwa 10.000 Menschen mit einem Lichtermeer von ihr verabschiedet *(derstandard.at* mit dem Titel *"Tausende bei Lichtermeer für Ute Bock in Wien"*). Ob jemand von der FPÖ mit dabei war, ist nicht überliefert.

Bogner-Strauß, Juliane Türkise (ÖVP) Frauen/Familienministerin, die das Frauenvolksbegehren nicht unterschreiben wird. Außerdem ist sie total genervt, wenn die Journalisten mal wieder den *"Familienbonus"* nicht und nicht verstehen wollen. Denn immerhin sind ja *"Alleinerzieherinnen und Wenigverdiener EH schon zur Gänze von der Steuer entlastet"*.

Böhmermann, Jan Deutscher Satiriker, dessen Auftritt *"Neo Magazin Royal - Jan Böhmermann - HC-Strache – Trommler"* (*youtube.com*) ihm viele Fans in Österreich beschert hat.

Bösch, Reinhard Mitglied der *"begleitenden und steuernden"* Koordinierungsgruppe für die Historikerkommission der FPÖ. Außerdem ist er für die FPÖ im Nationalrat und überdies *"Alter Herr"* bei der schlagenden Burschenschaft Teutonia Wien.

Braun, Eva Kurzzeit-Ehefrau von Adolf Hitler.

Brauner, Renate Vorsitzende der Wiener SPÖ-Frauen und ehemalige Stadträtin. Beliebtes Objekt der Berichterstattung auf *unzensuriert.at*, wofür sie Entschädigung wegen übler Nachrede zugesprochen bekam.

Connolly, Cyril Englischer Schiftsteller im 20. Jahrhundert, dessen Worte *"Better to write for yourself and have no public, than to write for the public and have no self"* mich (auch) zu meinem ersten Brieferl inspiriert haben.

Davis, Kim Eigentlich schnöde Standesbeamtin in einem Kaff in Kentucky, USA. Gibt vor, dass ihr christliche Werte über alles gehen, weswegen sie sich außer Stande sieht, homosexuelle Paare zu trauen. Nimmt diese Werte in ihrem Privatleben allerdings nicht ganz so genau. *"Davis war viermal mit drei verschiedenen Männern verheiratet. Die ersten drei Ehen wurden 1994, 2006 und 2008 geschieden. Ihre Zwillinge wurden fünf Monate nach der Scheidung der ersten Ehe geboren. Ihr dritter Ehemann ist biologischer Vater der Zwillinge, die vom zweiten Ehemann, Joe Davis, adoptiert wurden. Joe Davis ist auch ihr aktueller Ehemann"* (Wikipedia-Artikel zu ihrer Person).
Für uns interessant, weil Gudrun Kugler sie als *"Paradebeispiel für die moderne Christenverfolgung"* erkennt.

Dohnal, Johanna SPÖ-Frauenpolitikerin und Ikone der österreichischen Frauenbewegung.

Dufek, Michael Österreichischer Zeichner und Illustrator dieses Buches.

Eder, Wolfgang Vorstandvorsitzender der voestalpine AG, der am 4. Jänner seinen *"Fat Cat Day"* feiern darf.

Edtstadler, Karoline Türkise Staatssekretärin im blauen Innenministerium. Gerüchte besagen, dass sie den Posten deshalb bekommen hat, um auf Cousin Herbert aufzupassen (*diepresse.com* am 16. Dezember 2017 unter dem Titel *"Van der Bellen soll auf Staatssekretärin als 'Aufpasserin' für Kickl gedrängt haben"*). Außerdem volksnahe Zuhörerin, die den Rufen nach härteren Strafen in sozialen Medien gerne folgt, um das Strafrecht zu verschärfen.

Fendrich, Rainhard Österreichischer Sänger, Kulturgut. Von der Burschenschaft Bruna Sudetia wenig geliebt, dafür umso mehr von anderen Menschen.

Fichtenbauer, Peter Mitglied der *"begleitenden und steuernden"* Koordinierungsgruppe für die Historikerkommission der FPÖ. Volksanwalt, FPÖ-Mitglied, außerdem Mitglied der Ferialverbindung deutscher Hochschüler Waldmark. Dass diese Verbindung vom Dokumentationsarchiv des österreichischen Widerstandes als *"antiösterreichisch"* und *"völkisch"* eingestuft wird, soll weder uns noch die Koordinierungsgruppe jucken.

Fischer, Heinz Ehemaliger Bundespräsident, SPÖ. Mischt sich noch immer von Zeit zu Zeit in die Geschehnisse ein. Das freut jene, die fundierte wie kluge Ansichten schätzen und ärgert die anderen, die selbst gerne fundiert und klug wären, es aber nicht sind.

Forstinger, Monika FPÖ-Infrastrukturministerin der Ära Schüssel. Unvergesslich dank *"Stöckelschuherlass"* und *"Telefonnummern neu"*. Offenbar aber immer noch dick in der FPÖ drinnen, denn seit Februar 2018 im Aufsichtsrat der frisch eingebläuten ÖBB.

Glawischnig, Eva War lange Zeit für die Grünen im Nationalrat, auch deren Bundessprecherin und Klubobfrau. Musste aus gesundheitlichen Gründen im Mai 2017 von allen Ämtern zurücktreten. Glücklicherweise ist sie wieder fit und kann seit März 2018 Wissen und Erfahrung beim Glücksspielkonzern Novomatic verwerten.

Glier, Martin Pressesprecher (FPÖ) von Vizekanzler HC Strache. Würde wohl niemanden näher auffallen, hätte er nicht aus Metapedia zitiert. Ihm war nicht bewusst, dass es sich um eine rechtsextreme Seite handelt.

Goldgruber, Peter Eigentlich Polizist, jetzt aber Generalsekretär von Cousin Herbert. Irgendwie komisch in den BVT-Skandal verwickelt, da er doch die EGS (Eingreifgruppe gegen Straßenkriminalität) für Hausdurchsuchungen beauftragt und damit die eigentlich zuständige Cobra übergangen hat. Ob es Zufall ist, dass sein FPÖ-Parteikollege Wolfgang Preiszler der Leiter der EGS ist, darüber darf sich jeder selbst den Kopf zerbrechen, wenn er oder sie gerade nix Besseres zu tun hat.

Grasser, Karl-Heinz Der Schönste aller Minister ever ever ever. War lange Zeit mit Jörg Haider befreundet, später lieber mit Wolfgang Schüssel. Muss aktuell wegen *BUWOG* und *Terminal Tower* viel Zeit im Gerichtssaal verbringen, es gilt die Unschuldsvermutung.

Gridling, Peter Aktuell doch-wieder-Direktor des BVT. Wurde dadurch bekannt, dass seine Bestellungsurkunde zuerst von Cousin Herbert zurückgehalten (es gilt auch hier die Unschuldsvermutung), er dann suspendiert wurde und nun doch wieder zurück ist, weil diese Suspendierung vom Bundesverwaltungsgericht aufgehoben wurde.

Gröber, Brigitte FPÖ-Politikerin, die auch in einen *"seltenen Einzelfall"* verwickelt war, weil sie von ihrem Partei-Kollegen Wolfgang Neururer superlustige Bilder mit Adolf Hitler via WhatsApp erhalten hatte.

Grünberg, Kira Ehemalige Stabhochspringerin, nach einem Trainingsunfall querschnittgelähmt. Diese Behinderung reichte Sebastian Kurz, um sie als Behindertensprecherin in die Partei und damit in den Nationalrat zu holen. Hat sich ihren neuen Chef als Vorbild genommen und schweigt bei jeder sich bietenden Gelegenheit.

Gudenus, Johann FPÖ-Politiker, dessen wegen NS-Wiederbetätigung verurteilter Papa auch schon bei der FPÖ war. Sein stets eloquent zum Ausdruck gebrachtes Wissen verhalf Alfred J. Noll zum Preis *"Goldene Cojones erster Güte".*

Haider, Jörg Zuerst FPÖ, danach BZÖ-Politiker. Gott und das fliegende Spaghettimonster haben ihn selig. Ihm haben wir es zu verdanken, dass Cousin Herbert sein poetisches Talent entfalten konnte.

Haimbuchner, Manfred Besonders sympathischer FPÖ-Politiker in Oberösterreich. Zudem Hobby-Glaziologe mit dem Spezialgebiet *"Eisberge".*

Hartinger-Klein, Beate FPÖ-Politikerin, die aktuell die witzigste Gesundheitsministerin ever ever ever gibt. Als solche fördert sie das Rauchen in der Gastronomie. Als Sozialministerin ist sie auch witzig, führt sie doch gehorsam das Regierungsprogramm aus und ist daher für Verarmung der Ärmsten der Armen mitverantwortlich.

Hartmann, Kathrin Deutsche Journalistin und Autorin, der wir das *"soziale Stockholm-Syndrom"* als Erklärung für das eigenartige Wahlverhalten der ÖsterreicherInnen zu verdanken haben.

Heller, André Österreichischer Künstler, Autor, Schauspieler, schlicht Kulturgut. Dank seiner wunderbaren Rede am 12. März 2018 zum Gedenkjahr hier erwähnt. Diese ist auf *kleinezeitung.at* unter dem Titel *"Die bewegende Rede von André Heller im Wortlaut"* nachzulesen.

Hintsteiner, Edwin Chef der Salzburger Identitären (von Fachjournalisten und Wissenschaftler als rechtsxtrem eingestufte Bewegung), für den sich genau niemand interessieren würde, wäre er nicht ungustiös auf die *"Omas gegen Rechts"* losgegangen. Er hat in Folge den ungustiösen Tweet gelöscht und sich entschuldigt.

Hitler, Adolf Kurzzeit-Ehemann von Eva Braun.

Höbelt, Lothar Leiter der FPÖ-Historikerkommission, kein Mitglied der FPÖ, sondern nur Berater. Fan von David Irving.

Hofer, Norbert FPÖ Infrastrukur-Minister, der uns das Wundern bereits 2016 prophezeit hatte. Außerdem Ehrenmitglied der pennal-conservativen Burschenschaft Marko-Germania zu Pinkafeld , die laut Dokumentationsarchiv des österreichischen Widerstandes mit *"völkischen Nationalismus"* und *"Demokratieskepsis"* liebäugelt.

Höferl, Alexander Ehemaliger Chefredakteur der FPÖ-nahen Internetseite *unzensuriert.at*. Diese Qualifikation kam Cousin Herbert gerade recht, um ihn zum Kommunikationschef im Innenministerium zu machen.

Honsik, Gerd Mittlerweile verstorbener Holocaustleugner und Quelle für Metapedia.

Irving, David Holocaustleugner und Quelle für Metapedia. Wurde von Lothar Höbelt (Leiter der FPÖ-Historikerkommission) in einer Festschrift gewürdigt.

Kabas, Hilmar Mitglied der *"begleitenden und steuernden"* Koordinierungsgruppe für die Historikerkommission der FPÖ, freiheitlicher Ehrenobmann. Den Älteren auch in Verbindung mit der *"Hump-Dump-Affäre"* sowie dem Bordellbesuch, der doch nur ein *"Lokalaugenschein"* war, in Erinnerung.

Kant, Immanuel Deutscher Philosoph im 18. Jahrhundert, der jedoch namenstechnisch nicht für die Kantwurst verantwortlich ist.

Kern, Christian SPÖ-Chef und ehemaliger Bundeskanzler.

Kickl, Herbert FPÖ-Poet, Philosoph, Cousin, Innenminister. Dank seiner vielfältigen, vor allem reiterischen Interessen auch liebevoll Gaulleiter, Gaulreiter, Leberkas-Berti oder Reimreiter genannt. Verantwortlich für ein grausliches Überwachungspaket, das er gerne als *"Schutzschirm für die Bevölkerung"* anpreist.

Kitzmüller, Anneliese Dritte Nationalratspräsidentin (FPÖ), Mitglied der *"begleitenden und steuernden"* Koordinierungsgruppe für die Historikerkommission der FPÖ, Mitglied der Mädelschaft Iduna. Wurde zu Unrecht des Treffens mit Gottfried Küssel (Holocaustleugner, der gerade im Gefängnis sitzt) verdächtigt. Wie sich herausstellte, war es eine Doppelgängerin. Unter dem Titel *"Kitzmüllers Doppelgängerin war bei Treffen mit Neonazi Küssel"* auf *kurier.at* zu finden.

Kolba, Peter Ehemaliger Abgeordneter zum Nationalrat für die Liste Pilz, Konsumentenschützer.

Kugler, Gudrun Katholische Abtreibungsgegnerin, für die ÖVP im Nationalrat und außerdem ÖVP-Menschenrechtssprecherin. Fan von Kim Davis, weil diese die Homo-Ehe genauso wenig leiden kann wie sie selbst.

Kurz, Sebastian Türkiser (ÖVP) Bundeskanzler. Fällt entweder durch Schweigen oder unpassende Antworten auf. Auch scheint er regelmäßig von Demenz betroffen. Hat immerhin die Matura geschafft, jedoch keinerlei weitere Ausbildung. Dennoch hat er viele Fans, weshalb ihn die Menschen gerne wie liebevoll *Basti, Bubenkanzler, Bundesbasti, Basti-Fantasti* oder besonders ehrfurchtsvoll *St. Sebastian den Kürzer* nennen.

Landbauer, Udo FPÖ-Kandidat zur Landtagswahl in Niederösterreich, der eindeutig zu jung war, um irgendetwas mit den Liederbüchern jener Burschenschaft zu tun zu haben, deren stellvertretender Vorsitzender er war.

Langer, Elisabeth Seit 30 Jahren Arbeit mit Geflüchteten, niemals einer Gruppe oder politischen Partei zugehörig gewesen. Seit Oktober 2015 schenkt sie Tee vor dem BFA an die dort wartenden Menschen aus. Hat im November 2015 die Facebook-Gruppe *"Tee Für Refugees"* gegründet.

Le Pen, Marie Kumpeline vieler FPÖ-ler. Vermutlich nicht wegen ihres einnehmenden Wesens, sondern weil sie Chefin der Rassemblement National (früher: Front National) ist.

Leitner Wolfgang CEO der Andritz AG , der am 4. Jänner seinen *"Fat Cat Day"* feiern darf.

Leprich, Reinhard Mitarbeiter im Innenministerium, der zwar für Cousin Herbert als PR-Mitarbeiter agiert, dennoch von selbigem als *"Journalist"* bezeichnet wurde.

Löger, Hartwig Finanzminister (von der ÖVP nominiert) mit Versicherungserfahrung. Mag Maßnahmen zur Besteuerung von Großkonzerne nicht.

Marx, Karl Deutscher Philosoph im 19. Jahrhundert. Sein Werk *"Das Kapital"* ist nach der Bibel das meist verkaufte Buch der Welt. Völlig zu Recht, erklärt er uns darin doch, wie und warum die Wirtschaft in Form des Kapitalismus (nicht) funktioniert.

Mayer, Heinz Österreichischer Verfassungsjurist.

Mölzer, Andreas Mitglied der *"begleitenden und steuernden"* Koordinierungsgruppe für die Historikerkommission der FPÖ, wird dem deutschnationalen Flügel der FPÖ zugerechnet.

Moser, Josef Justizminister, der uns mit einer Offensive zur Deregulierung beglücken will, mit der gleich mal alle Gesetze und Verordnungen von vor dem 1 . Jänner 2000 ausgemistet werden sollen. War schon 1991 Bürochef von Jörg Haider. Ist jetzt aber mit der ÖVP befreundet, durch die er in den Nationalrat bzw. ins Ministeramt kam.

Muzicant, Ariel Wurde 2001 von Cousin Herbert mit einem total witzigen Sprücherl betreffend seines Vornamens bedacht, das von Jörg Haider vorgetragen wurde.

Nemeth, Norbert Mitglied der *"begleitenden und steuernden"* Koordinierungsgruppe für die Historikerkommission der FPÖ, Klubdirektor des freiheitlichen Parlamentsklubs und Mitglied der (laut Dokumentationsarchiv des österreichischen Widerstandes) rechtsextremen, pflichtschlagenden Burschenschaft Olympia.

Neururer, Wolfgang In einen der eh ganz seltenen FPÖ-Einzelfälle involviert, siehe Brigitte Gröber.

Nienhaus, Lisa Deutsche Journalistin, stellvertretende Ressortleiterin Wirtschaft bei *"Die Zeit"*. Hat einen schönen Artikel über die Aktualität von Karl Marx geschrieben.

Noll, Alfred J. Abgeordneter zum Nationalrat für die Liste Pilz, Anwalt, Universitätsdozent und Preisträger der *"Goldenen Cojones erster Güte"*.

Orban, Viktor Gleichermaßen beliebt bei FPÖ wie ÖVP. Auch bei ihm scheint die Freundschaft nicht so sehr durch seine Geselligkeit begründet, sondern eher wegen der *"stichhaltigen Gerüchte"* (die borge ich mir an dieser Stelle von Johann Gudenus aus), die auf Einschränkung der, für die Reichen, Mächtigen und die Wirtschaft insgesamt, lästigen Menschenrechte hindeuten.

Palin, Sarah Republikanische Politikerin, die sich durch besonderes Wissen betreffend Russland weltweit einen Namen gemacht hat.

Pleschberger, Werner Außerordentlicher Professor an der Universität für Bodenkultur, früher an der Universität Wien für Politikwissenschaft zuständig. In einer seiner Vorlesungen habe ich zum ersten (und bis dato letzten Mal) Cousin Herbert persönlich getroffen.

Portisch, Hugo Österreichischer Journalist, der es stets schafft, komplexe, historische Vorgänge allgemein verständlich und sehr anschaulich darzustellen.

Qualtinger, Helmut Österreichischer Schriftsteller, Schauspieler und Kabarettist im 20. Jahrhundert. Wurde dank des legendären *"Herrn Karl"* von gewissen Kreisen als *"Nestbeschmutzer"* bezeichnet.

Richter, Claus Deutscher Journalist, der gemeinsam mit anderen Journalisten unserem Bundeskanzler einen mahnenden, offenen Brief geschrieben hat.

Rydl, Miriam Bekannt geworden durch einen der ganz seltenen Einzelfälle. FPÖ-Funktionärin in Tulln, Niederösterreich, die in einem Facebook-Posting Flüchtlingsmänner als *"Untermenschen"* bezeichnet hat. Nachzulesen unter *"Tullner FPÖ-Funktionärin liefert Facebook-Ausrutscher"* auf *noen.at.* Das Posting wurde gelöscht.

Scharsach, Hans-Henning Österreichischer Journalist, Antifaschist und Menschenrechtsaktivist. Ist von rechten Machenschaften nicht allzu begeistert, was er auf seiner Webseite *empoerteuch.at* zum Ausdruck bringt.

Schmidt, Colette Redakteurin bei *derstandard.at* im Bereich Chronik/Panorama. Besonders beliebt bei der FPÖ, vor allem beim RFJ (Ring Freiheitlicher Jugend Steiermark), was auf *kurier.at* unter dem Titel *"FP-Organisation rief zu Online-Mobbing von Journalistin auf"* nachzulesen ist.

Schönborn, Christoph Kardinal, Erzbischof von Wien, der auch gerne die politische Lage in Österreich kommentiert. Dem Laien erschließt sich selten bis gar nicht, wie seine politischen Kommentare mit der christlichen Lehre vereinbar sind.

Schüssel, Wolfgang Der erste ÖVP-Schweigekanzler (2000 – 2007). Hat die ÖVP mit der FPÖ ins Koalitionsbett gelegt, zwecks Kanzlerschaft. Vermutlich großes Vorbild für Sebastian Kurz.

Sobotka, Wolfgang Erster Nationalratspräsident (ÖVP), besondere Verdienste um die Würde. Nein, nicht die Menschenwürde, sondern die Würde des hohen Hauses. Außerdem sicherlich unglaublich stolzer Preisträger des *"Big Brother Awards"* 2017 *"für seinen Forderungskatalog nach neuen Überwachungsmaßnahmen"*. Nachzulesen im Wikipedia-Artikel zu seiner Person.

Spreitzhofer, Mario (Vielleicht lernfähiger) FPÖ-Politiker, der sich durch seine Analyse der Demonstranten einen Namen auf Facebook gemacht hat. Auch diese Postings sind mittlerweile gelöscht, was zur Annahme der vielleicht existenten Lernfähigkeit führt.

Stefan, Harald Mitglied der *"begleitenden und steuernden"* Koordinierungsgruppe für die Historikerkommission der FPÖ, seit 2008 Abgeordneter zum Nationalrat und Mitglied der (laut Dokumentationsarchiv des österreichischen Widerstandes) rechtsextremen, pflichtschlagenden Burschenschaft Olympia.

Stenzel, Ursula Mitglied der *"begleitenden und steuernden"* Koordinierungsgruppe für die Historikerkommission der FPÖ. Redakteurin und Moderatorin beim ORF, danach Politikerin für die ÖVP, danach Politikerin für die FPÖ.

Strache, Heinz-Christian Blauer (FPÖ) Vizekanzler. Von Beruf eigentlich Zahntechniker, durch jahrelanges Engagement zusätzlich seit 2005 Bundesparteiobmann der FPÖ. Bekannt für Paintballspiele. Hat seit Kindertagen den Spitznamen *Bumsti*, was auf *derstandard.at* unter dem Titel *"Strache - der 'Bumsti' aus Erdberg"* nachzulesen ist. Auch liebevoll *Witzekanzler* oder *Wanzenheinzi* genannt.

Strolz, Matthias Bis Ende Juni 2018 Vorsitzender der NEOS. Inspiration und Preisträger der *"Goldenen Cojones erster Güte"*. Hatte aufgrund seiner feurigen Reden im Parlament auch über die Parteigrenzen hinweg viele Fans.

Sugaipov, Junadi Österreichischer Taekwondo-Meister, der zwar bestens integriert war, was aber niemanden, der was zu sagen hat, interessiert hat. Der Tschetschene wurde am 23. Jänner 2018 ohne Pass nach Moskau abgeschoben. Nachzulesen auf *orf.at* unter dem Titel *"Taekwondo-Meister ohne Papiere in Moskau"*.

Tikaev, Familie *"Familie Tikaev ist perfekt integriert, soll aber abgeschoben werden. Experten werfen der Behörde schwere Fehler vor."* steht im Artikel *"Perfekt integriert - aber unerwünscht"* der *wienerzeitung.at* geschrieben. Tatsächlich wurde die tschetschenische Familie mit 4 Kindern ebenfalls am 23. Jänner 2018 ohne Pässe nach Moskau abgeschoben. Die Familie besteht aus dem Vater Roman (49), Mutter Gulzara (36), und den Kindern Arina (16), Amirkhan (14), Alikhan (12), Amina (11). Die Familie lebte seit 2011 in Österreich.

Treichl, Andreas CEO der Erste Group , der am 4. Jänner seinen *"Fat Cat Day"* feiern darf.

Trump, Donald Oranger wie aktueller, 45. Präsident der USA. So beliebt, dass es sogar Toilettenpapier mit seinem Konterfei gibt.

Vassilakou, Maria Grüne Vizebürgermeisterin in Wien, die vergeblich auf einen Anruf von Cousin Herbert gewartet hatte.

Westenthaler, Peter Lange Zeit FPÖ-Politiker, danach beim BZÖ, aktuell gerichtlich verurteilt wegen schweren Betrugs und Untreue. Darf seine Angelegenheiten noch sortieren, bevor er am 20. August 2018 im Häf'n erwartet wird.

Wilders, Geert Charismatischer Rechtspopulist aus Holland, der bei der FPÖ sehr beliebt ist und vice versa.

Wolf, Armin Österreichischer Journalist und Moderator beim ORF, seit 2002 Moderator der ZIB2. Wurde von Heinz-Christian Strache mit einer besonders lustigen Satire bedacht, für die sich der Verfasser nachträglich entschuldigt und eine Entschädigung von 10.000 Euro gezahlt hat. Nachzulesen unter *"Vizekanzler Strache entschuldigt sich bei Armin Wolf für 'Lügen'-Posting"* auf *diepresse.com*.

Danksagung

Gerne möchte ich vielen Menschen danken. Den meisten, die mich unterstützt haben, kann ich aber nicht danken. Nicht hier. Weil sie nachteilige Konsequenzen im Falle einer namentliche Nennung befürchten.

Ich danke meinem Sweetheart für regelmäßiges Korrekturlesen, kulinarische Versorgung der Extraklasse (Nachweise dafür finden sich auf meinem Instagram-Account) sowie nervlichen Beistand.

Meinen Söhnen danke ich für ihre Weisheit und dafür, dass sie allfällige Streitereien nicht neben der schreibenden Mami ausgetragen haben.

Ich danke Cousin Herbert und allen Mitgliedern der aktuellen Regierung explizit NICHT.
Auch wenn ich stinkend reich werde, weil Millionen Menschen weltweit meine Brieferl-Bücher kaufen werden, so würde ich doch lieber kein einziges davon geschrieben haben müssen.